스스로를 지키는 힘

가정의학과 김문찬 교수의 긍정유전자를 향하는 발자취

초판 1쇄   2021년 11월 30일

지은이   김문찬
발행인   김재홍
총괄/기획   전재진
마케팅   이연실
디자인   박효은
교정/교열   김혜린

발행처   도서출판지식공감
등록번호   제2019-000164호
주소   서울특별시 영등포구 경인로82길 3-4 센터플러스 1117호{문래동1가}
전화   02-3141-2700
팩스   02-322-3089
홈페이지   www.bookdaum.com
이메일   bookon@daum.net

가격   15,000원
ISBN   979-11-5622-645-1   03800

• 육체와 정신의 건강을 지키는 힘의 원천 •

스스로를 지키는 힘

가정의학과 김문찬 교수의 긍정유전자를 향하는 발자취

raise immunity

계절은 다시 전환의 시점이다. 전환의 시점에 다다라서야 나는 비로소 계절의 서정을 경험한다. 계절마다 느낌이 다른 이유는 촉경생정(觸景生情)의 당연한 결과이겠지만, 계절의 서정을 결정하는 것이 어찌 풍경만이랴. 한 옥타브 높아진 풀벌레 소리, 가을 숲이 토해내는 달콤한 냄새, 피부에 와 닿는 공기의 촉감, 등. 그러나 무엇보다도 우리의 서정에 가장 큰 영향력을 행사하는 것은 현재 우리 몸의 내부 상황이다. 몸의 내부 상황에 따라 생겨나는 감각적 요소들이 내수용(interoception) 감각기관을 통해 뇌에 전달되면, 우리의 뇌는 몸의 외부 감각기관을 통해 입력되는 여러 감각적 요소들과 함께 이를 종합하여 내가 현재 경험하는 서정(情動, affects)을 만들어 낸다.

하지만 색깔과 소리같이 외부에서 입력되는 감각 요소들과는 달리 인체 내부 상황에 따라 시시각각 생겨나는 감각적 요소는 대부분 우리 지각의 범위를 넘어선다. 지금 현재 혈액 속의 상태라든가 인체 장기내부의 여러 상황을 우리는 볼 수도 없고 느낄 수도 없다. 내 몸의 내부 상황은 시시각각 변한다. 따라서 풍경에 가 닿는 나의 느낌도 변한다. 느낌을 통해 계절의 풍경을 경험하는 것인지, 풍경을 통해 계절의 서정을 경험하는 것인지 나는 아직도 알 수가 없다.

과학자들은 인간유전자 정보가 파악되면 생명 활동에 필요한 모든 정보를 이해할 수 있을 것이라 굳게 믿었다. 그러나 아쉽게도 인간게놈프로젝트(1990~2003)가 완성된 이후 이를 통해 깨닫게 된 사실은 인간이 지닌 유전자가 생명현상을 구성하는 전부가 아니라는 사실이다.

우리 몸에는 자연적으로 수많은 미생물이 서식한다. 특히 대장에는 약 1,000종류의 다양한 미생물이 인체와 복잡한 상호관계를 이루며 공생하고 있다. 이들은 약 100조 개의 우리 몸의 세포보다도 많고, 이들의 전부 합친 유전자 수는 인간유전자 수의 무려 100배다. 너와 나의 유전자는 99.9%가 일치하지만, 너와 나의 미생물은

단지 10%만 일치한다. 결국 너와 나의 차이는 우리 몸에 지닌 미생물의 차이라는 것이 인간게놈프로젝트 이후 진행된 여러 후속 연구들(Human microbiome project 2008~2012)의 결과다.

  우리 몸의 미생물은 인간보다 100배나 많은 유전자를 가지고, 인간유전자가 만들 수 없는 것을 만들어 공급하면서 생명현상을 조절한다(Nature 2012). 2006년 노벨생리의학상과 화학상은 'RNA간섭현상'을 발견한 엔드류 파이어(스탠퍼드의대) 교수와 크레이그 멜로(매사추세츠의대) 교수가 수상했다. RNA 간섭현상이란 세포 내에 존재하는 작은 RNA 조각이 유전자 발현을 조절한다는 것이다. 그리고 그것들의 조합이 만들어내는 인체 내부의 세상은 복잡하고 미묘하다.

  독일의 발생학자 한스 드리슈(Hans Driesch, 1867~1941)는 오로지 물리학과 수학의 법칙들로만 생명의 발생 과정을 설명하겠다는 철저한 자연주의적 전망으로 연구와 실험에 착수했었다. 그러나 드리슈는 생명 발생의 복잡성에 너무나도 압도되어 모든 자연주의적 설명을 버리게 된다. 그는 영혼과 비슷한 모종의 원리가 있어야만 그 복잡한 과정을 설명할 수 있다고 했다. 상상 속에서나 가능했던 것들이 점차 현실이 되어가고 있다. 의심 없이 받아들여졌던 이론들이 반증을 통해 보편성을 상실하는가 하면, 과거에는 무시되었던 이론들이 보편성을 획득하기도 한다. 기도가 치유를 가져올까? 물질이 마음에 영향을 미친다면 마음은 물질에 영향을 미칠까?

우리는 개념을 통해 사물을 지각한다. 눈앞에 보이는 어떤 것은 산으로 지각하고 어떤 것은 강으로 지각한다. 개념이 없으면 경험되지 않는다. 색과 소리도 마찬가지다. 모든 감각적 요소가 그냥 흘러갈 뿐, 볼 수도 없고 느낄 수도 없다. 결국 내가 경험하는 나의 세계는 내가 지닌 개념으로 나의 뇌가 그려낸 환상의 세계(諸法皆幻)다. 나는 이것을 스승(무진 황경환)을 통해 머리로는 알았으나 깨닫지(慧, 판야)는 못했다. 아마도 평생 그러할 것이다.

　그동안 지역 언론을 통해 틈틈이 기고한 글들을 정리해 보았다. 솔직히 나는 '스스로를 지키는 힘'이 무엇인지 알지 못한다. 그럼에도 나는 내가 구성한 나의 세상(幻)에서 부끄러움도 잊은 채 이 책을 낸다. 보이는 세상이 실재가 아님에도 오늘도 가을의 서정은 스스럼없이 표상된다. 어찌 가을의 서정뿐이랴. 아직도 나는 헛것(幻)에서 생겨나는 희로애락(喜怒哀樂)의 정동(affects)으로부터 한 발짝도 벗어날 수가 없다. 울긋불긋 저물어가던 잎들이 지고 있다. 꽃들은 암수가 서로 만나 사랑을 완성하고 열매를 맺지만, 잎들은 서로를 향해 저물어만 갈 뿐 만날 수가 없다. 지고 나서야 잎들은 대지 위에서 하나가 된다. 마침내 잎들은 사랑을 완성하고 서로를 향한 긴 그리움으로부터 벗어난다. 벼랑 끝 해탈(解脫)한 나목들이 앙상하게 굽은 척추를 드러낸다. 봄, 여름, 가을, 겨울, 거의 매주 같은 산에 올랐으나 나는 여태 그것을 보지 못했고, 일엽(一葉)에 깃든 연민조차 알 수가 없었다.

우수의 계절 가을이 다가왔다.
기러기 울어 예는 하늘 구만리.
바람이 싸늘 불어 가을은 깊었네.
아―아 너도 가고 나도 가야지.

이 시는 우리에게 너무나 잘 알려진 박목월(1915-1978)의 시 〈이
별의 노래〉 중 일부다. '북에 소월(1902-1934)이 있다면 남에는 목월
(1915-1978)이 있다'고 할 정도로 박목월은 김소월과 함께 한국을 대
표하는 서정시인이다. 이 시는 1절과 마찬가지로 2절과 3절에서도
'아―아― 너도 가고 나도 가야지'라는 구절로 마무리된다. 시인은 이
시에서 가을이 주는 메시지를 인간 삶의 실존적 현실로 바라보며 삶
의 무상(無常)함을 처절하게 그려내고 있다. 무상은 인간 삶의 현장
이 시간과 공간이라는 실상(實相)의 진실을 알려주는 불교 진리의 전
문 술어다. 사람은 누구나 독특한 일면을 가지고 있다. 사람 사는
세상이 우선 바르고 풍성하게 되려면 사람마다 우주가 준 자신의

개성에 눈을 돌리고, 가꾸고, 선업(善業)의 방향으로 증장시키는 삶의 노력이 필요하다. 그래야만 인간 삶의 가치를 파악하게 되고, 파악된 삶의 본질은 무상(無常)이 아닌 항상(恒相)이라는 진실을 여실지견(如實知見)하게 된다. 그럴 때 이 무상(無常)의 진리는 생(生)과 사(死)를 뛰어넘는 해탈의 관문에 열쇠가 된다는 사실을 본인 스스로 직감하게 될 것이라 나는 생각한다.

고향 후배인 김문찬 박사는 나의 귀중한 도반(道伴)이다. 어쩌면 온 인류의 화두일지도 모르는 법담을 그와 가끔 이렇게 나누기도 한다.

"나는 무엇인가? (What am I?),
나는 어디서 왔는가? (Where do I come from?),
나는 어디로 가는가? (Where am I going?)"

　사물과 현상을 선(禪)의 관점에서 바라보고자 하는 그의 노력은 이 책에서도 곳곳에서 발견된다. 어느새 낙엽들이 대지 위에 뒹군다. 잎들이 저물 때 가을 숲은 새로운 존재로 다가온다. 저무는 것은 결코 소멸하는 것이 아니다. 김 박사는 누구나 인간은 태어나면 늙고, 병들고, 죽을 수밖에 없는 이 실존적 현실은 실상(實相)이 아니라는 실제(實諦)를 파악하고 있는 사람이다. 그래서 나는 그를 울산대학교병원의 명의(名醫) 김문찬 교수라고 지칭한다. 그는 2012년도에 대한가정의학회 학술상을 받은 바 있고, 그의 저서로는 《나비효과와 건강》이라는 책 외에 몇 권의 저서가 더 있다.

이 책의 본문에서 언급한 것처럼, 인간이 시련과 절망의 어둠 속에서도 희망을 향해 나아가려는 것은 인간의 빛을 향한 유전적 본능이 잠재해 있기 때문이다. 인간 삶의 가치를 김 박사처럼 파악하고 살아가는 사람들과 함께 차 한 잔을 나누면서, 그냥 부담 없이 한 장 한 장 책장에 담긴 스토리를 논해 보는 것도 어쩌면 출세간적인 행복의 한 부분이 아닌가 한다.

사)21세기불교포럼 공동이사장, 동국대 명예철학박사

황경환

의사인 김문찬 교수의 글에선 인간의 몸이 자연이고, 인간이라는 존재는 문학이다. 자연–인간–문학이 스스럼없이 하나로 엮인다. 세상에 대한 깊이 있는 고찰과 인간에 대한 무한한 애정을 담은 인문적 감성을 바탕으로 의사로서의 과학적이고 분석적인 객관성을 버무려내는 탁월한 능력을 갖고 있다.

그의 문장은 보랏빛 은유가 감싸고 있음에도 군더더기 없이 간결해서 이해를 방해하지 않는다. 건조하고 재미없는 건강이야기를 누가 이처럼 부드럽고 아련하게, 때론 쫄깃하고 문학적인 문장으로 그려낼 수 있을까. 어릴 때부터 차곡차곡 쌓아온 독서량이 아니고는 불가능한 일임에 분명하다.

스스로를 지키는 힘

그는 세상의 일에 관심이 많다. 부조리한 세상을 바로 잡고 싶은 열정과 역량이 한때 정치인을 꿈꾸게 했다. 내가 그를 처음 만난 것도 정치인 김문찬이었다. 하지만 그는 우리 정치에서 능력을 발휘하기엔 너무 순진했던 것 같다. 결과적으로 그의 정치적 실패는 잘된 일이다. 그를 '글 쓰는 의사'로 돌아오게 했기 때문이다. '글 쓰는 의사 김문찬'으로 오래도록 활동하기를 기대한다.

경상일보 논설실장

정명숙

CONTENTS

스스로를 지키는 힘

제 3 장 스스로를 지키는 힘

CONTENTS

스스로를 지키는 힘

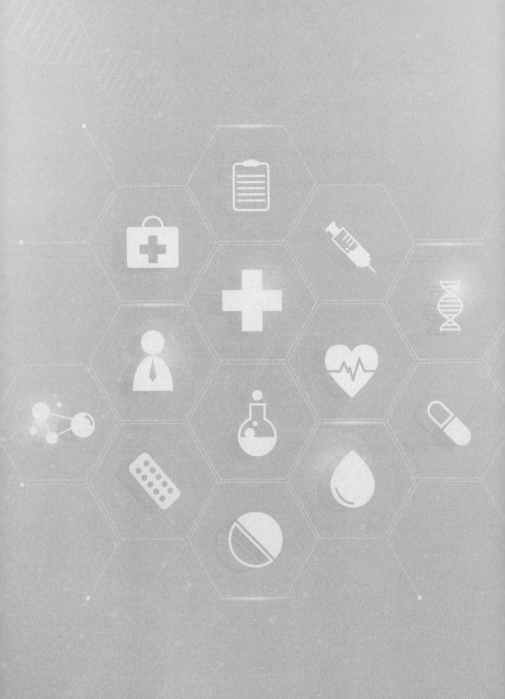

제 1 장

▼
▽
부부가 닮는 이유

부부가 닮는 이유

5월 21일은 부부의 날이다. 이날은 단 하루만이라도 부부가 하나 되길 바라는 부부일심동체의 염원이 담긴 날이다. 결혼한 이들 중 대부분은 굳건한 사랑의 맹세 위에 부부의 연을 맺었지만, 살다 보면 사랑의 이타적인 측면들은 인간이 지닌 이기적 본성 앞에 하나둘 무릎을 꿇는다. 결혼한 지 사흘이 못 가 섭섭함이 생겨나는 것도 이 때문이다. 〈남한산성〉의 작가 김훈은 "결혼이란 오래 같이 살아서 생애를 이루는 것인데, 힘들 때도 꾸역꾸역 살아 내려면 사랑보다도 연민이 더 소중한 동력이 된다."라고 했다. 연민은 서로를 측은(惻隱)히 여기는 마음이다.

2014년에 만들어진 다큐멘터리 독립영화 〈님아, 그 강을 건너지 마오〉가 TV를 통해 안방에서 방영된 적이 있었다. 백년해로한 어

스스로를 지키는 힘

느 노부부의 말년의 일상을 찍은 다큐멘터리였는데, 놀라운 것은 노부부의 모습이 꼭 닮은 것이었다. 웃는 모습 주름진 얼굴은 부부가 마치 똑같은 각시탈을 쓰고 있는 것 같았고, 마주보는 눈빛은 서로를 향한 연민으로 가득 차 있었다.

내면은 외면을 결정한다. 지나온 세월의 흔적만으로 부부가 그렇게 닮을 수는 없다. 노부부가 하나처럼 닮은 것은 서로를 가엾이 여기는 측은지심(惻隱之心)의 내면이 일치했기 때문이다. 날카로운 얼굴의 선들이 주름으로 풀어지는 것은 내면의 공간을 넓히기 위해서다. 늘어난 내면의 넓이만큼 외면의 주름도 늘어난다. 주름을 따라 시련에 찬 삶을 살아갈 때 부부는 기어이 닮을 것이지만, 영상은 처음부터 끝까지 내 앞에 선 '네가 바로 나'였음을 가르치고 있었다. 나는 그것을 끝까지 알아차리지 못했다. 지금도 마찬가지다.

'너와 나'의 구분을 지우며 일심동체의 지향점을 완성해 가는 것은 황혼녘에 찾아온 노혼(老渾) 때문이 아니었다. 노부부의 의식은 명료했다. 명료한 의식을 바탕으로 '너와 나'의 구분을 지우는 것은 노부부의 높고도 높은 삶의 경지일 것이지만, 부부가 닮는 형이하학의 과학적 이유는 다음과 같다.

우리 몸에는 수많은 미생물이 함께 살아가고 있다. 이들이 지닌 유전자 수는 인간의 100배 이상이다. 이들의 유전자는 인간유전자가 만들 수 없는 것을 만들어 공급한다. 미생물을 공유하면 동일한 유전자를 공유하는 것이 된다. 결국 인간의 차이는 각자의 몸에 지닌 미생물의 차이인 것이다(Nature 2012). 부부가 닮는 것은 함께 부대끼며 미생물을 공유했기 때문이다. 그러나 부부가 일심동체의 지향점을 완성해 가는 것은 과학적으로 증명하기 어려운 형이상학의 영역임이 분명하다.

스스로를 지키는 힘

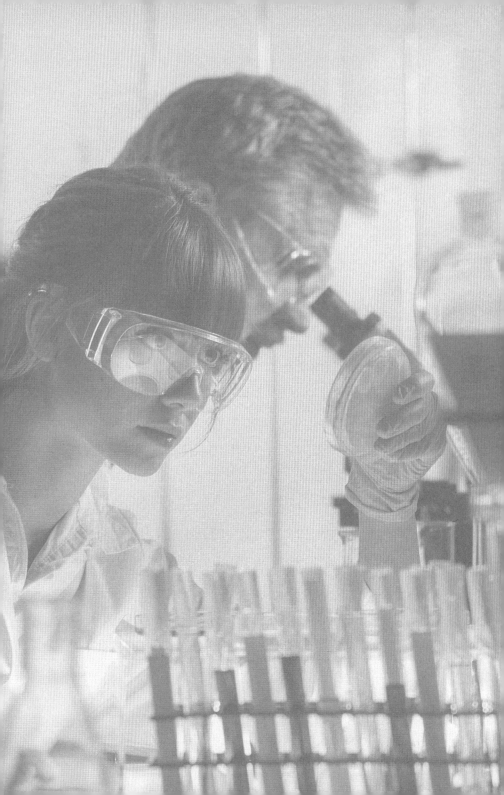

'똥'이 약이다

과학자들은 인간유전자 정보가 파악되면 생명 활동에 필요한 모든 정보를 이해할 수 있을 것이라 굳게 믿었다. 그러나 민망스럽게도 인간게놈프로젝트(1990~2003)가 완성된 이후 이를 통해 깨닫게 된 사실은 인간이 지닌 유전자가 생명현상을 구성하는 전부가 아니라는 사실이다.

우리 몸에는 자연적으로 수많은 미생물이 서식한다. 특히 대장에는 약 1,000종류의 다양한 미생물이 인체와 복잡한 상호관계를 이루며 공생하고 있다. 이들은 우리 몸의 세포(약 100조)보다도 많고, 이들의 유전자를 전부 합치면 인간유전자의 무려 100배다. 그래서 '인간의 차이는 각자의 몸에 지닌 미생물의 차이'라는 것이 인간게놈프로젝트 이후 진행된 후속 연구들(Human microbiome project

스스로를 지키는 힘

2008~2012)의 주장이다. 왜냐하면 서로 다른 두 인간의 유전자는 99.9%가 일치하지만, 공생하는 미생물은 단지 10%만 일치하기 때문이다.

인체 미생물은 인간보다 100배나 많은 유전자를 가지고 인간유전자가 만들 수 없는 것을 만들어 공급하면서 항상성 조절에 기여한다(Nature 2012). 장내 특정 세균의 감소 혹은 소실이 난치성 대장질환의 원인이 될 수 있으며(Nature 2015), 이들의 변화가 비만을 유발하고(Science 2013), 심지어 자폐증과 같은 정신질환까지 유발할 수 있다(Science 2016). 그래서 이들 질환에 건강한 사람의 대변을 장내로 살포한다(대변 이식). 유익한 세균을 장에 주입하여 병을 치료한다는 개념인데, 이는 사람 똥의 절반은 세균이기 때문이다. 건강한 사람의 대변을 난치성 장염 환자의 대장에 살포하여 거의 100%에 가까운 완치를 보인 연구 결과는 이미 오래전에도 있었다 (NEJM 2013). '똥'이 약이었던 것이다.

인간은 태어나는 순간부터 엄마의 세균에 노출되며 그 세균으로부터 보호받는다. 우리는 세균으로 우글거리는 존재이고 이들의 유전자가 만들어내는 화학물질은 우리 몸의 대사기능은 물론, 감정까지 조절한다. 똥이 약이라니 섬뜩하고 놀랍지만, 과학은 거리낌이 없다. 질병은 늘 우리 몸을 통과하고 있지만, 똥은 우리를 지켜낸다. 똥과 우리는 서로의 환경이다. 좋은 습관이 좋은 '똥'을 만든다.

식탁 위의 미생물

겨울이 깊어간다. 김장을 끝낸 장독마다 김치가 익어가고, 동치미도 지금쯤 발효의 첫 단계에 진입했을 것이다. 소금에 절여지고 각종 양념에 버무려진 배추는 긴 시간 발효과정을 거치며 다시 새로운 생명체로 살아난다. 김치가 좋은 식품으로 손꼽히는 이유도 살아있는 싱싱한 생명체이기 때문이다. 잘 익은 김치 1g에는 약 1억 마리의 유산균이 살아서 득실거린다(부산대 김치연구소).

음식에 든 미생물은 우리 장 속에 영원히 머무르지는 않는다. 심지어 일반적으로 우리 몸에 부족한 미생물을 채워주지도 않는다. 요거트 한 상자를 다 먹어도 타고난 장내 박테리아를 재구성하여 먼 옛날 정점을 찍었던 시절의 장 건강을 회복하는 것은 불가능하다. 광고에서 뭐라고 선전을 했든, 장까지 살아서 가는 박테리아

스스로를 지키는 힘

를 얼마나 많이 함유하고 있든 전부 부질없다. 이들은 장내 환경에서 생존할 수 있긴 하지만 오랜 기간 머무르지는 않는다.

그러나 음식물로 섭취한 미생물이 장 속에서 영원히 뿌리를 내리지 않는다 하더라도 장내에 머무르는 동안 그들은 계속해서 우리에게 이로운 무언가를 한다. 이들은 장내 환경을 바꿀 수 있고 언젠가는 그 사람까지도 바꿔 놓을 힘이 있다. 장내 미생물이 획기적으로 개선되지는 않더라도 미생물을 함유한 식사를 꾸준히 유지하는 것은 여전히 매우 중요하다(캐서린 하먼 커리지, 《식탁 위의 미생물》, 현대지성, 2020). 여기에 딱 좋은 음식이 바로 김치다.

김치 맛의 독자성은 숙성 과정에서 생겨난 유산균의 종류와 수에 의해 좌우된다. 김칫독마다 서식하는 유산균의 종류가 집집마다 다르다 보니 똑같은 재료로 담갔다 해도 김치의 맛과 향이 조금씩 다르다. 숙성 정도에 따라 제각각의 맛과 향을 내는 것은 발효 정도에 따른 유산균의 수가 달라지기 때문이다.

겨울 식탁의 중심에는 항상 김장김치가 있었다. 겨울이 아니더라도 김치는 변함없이 밥상 위의 빛나는 주연이자 조연이지만, 동물성 젓갈이 발효되며 생긴 풍부한 아미노산은 김장김치에 특유의 감칠맛을 더했고, 동치미의 발효과정에서 생겨난 탄산은 그 맛에 청량함을 더했다. 영혼의 심층부에 각인된 이 맛은 올해도 여지없이 그리움으로 되살아난다. 맛의 기억은 사라지지 않는다. 맛은 그리움이다.

방편(方便)

부드러운 햇살이 가을의 프리즘을 통과하고 있다. 빛이 닿는 곳마다 형형색색의 아름다운 꽃들이 피어나고, 그해 가을처럼 올해도 그 자리에 새하얀 구절초가 피었다. 산 너머 흰 구름만 바라보는 꽃(《구절초》, 선용).

들판은 아름다운 색(色)으로 가득하다. 색은 빛이 사물에 닿을 때 생겨나, 봄빛에는 언제나 푸르고 가을빛은 언제나 노을 진 물결 같다. 뭉쳤다 풀어지고 풀어졌다 뭉치며 빛은 색이 되어 물결처럼 흘러간다. 흘러가는 색과 함께 가을이 저물어간다.

모든 것을 빛이 주관한다. 본다는 것은 빛을 지각하는 것이다. 색은 빛이라는 전자기파의 주파수(진동의 속도)이다. 빛의 파동이 더 빨리 진동하면 빛은 더 파랗게 되고, 조금 더 느리게 진동하면 빛은 더 붉어진다. 우리가 지각하는 색은 서로 다른 주파수의 전자

스스로를 지키는 힘

기파를 식별하는 우리 눈의 수용체가 생성해 낸 신경 신호의 심리 물리적 반응이다. 사물이 의식의 한 형태라면 빛은 내 의식이다(피터 러셀,《과학에서 신으로》. 북하우스 퍼블리셔스, 2017).

　빛이 있어 색이 있고, 빛이 사라지면 색도 사라진다. 이것이 있으므로 저것이 생겨나고 저것이 사라지니 이것 또한 사라지는 것이 존재 세계의 실재 모습이고, 이것(緣起)은 이미 상식이 되어버린 물리학적 법칙이다. 아무것도 그 스스로 존재할 수 없어서 안정되고 불변하는 '나'라고 할 만한 알맹이(自性)가 없다. 자성이 없이 현상(幻)으로서만 존재하니 연기(緣起)하는 모든 것은 공(空)한 것이다 (諸法皆空). 그러나 공(空)한 것이라 하여 없는 것이 아니다. 현상으로 존재하는 것이 우리 사회의 존재 양식이며, 우리가 일상의 삶을 더 효율적으로 잘 살기 위해서는 우리 의식에 나타나는 이 상(象)을 받아들이지 않을 이유가 없다(홍창성,《미네소타주립대학 불교철학 강의》. 불광출판사, 2019).

　일상의 삶을 영위하기 위한 편리한 수단, 즉 하나의 방편(方便, convenient means)으로서 자성 없이 공한 현상(幻)을 실재 존재로 받아들이는 것이다. 봄빛이 소멸한 공간에는 가을빛이 가득하고 곱게 물든 단풍이 밀려오고 밀려간다. 연기하는 모든 것이 공한 것일지라도, 오늘도 여전히 산은 산이고 물은 물이다.

환폐여안(還閉汝眼)

무성했던 잎, 찬란했던 꿈조차 순환의 법칙을 극복하지 못한 채 이제는 회한(悔恨)처럼 낙엽만 쌓였다. 잎 져버려 텅 빈 공간, 한겨울의 햇살은 짧기만 한데 태양은 오늘도 서산으로 저문다. 태양을 중심으로 지구가 도는 것임을 머리로는 알았으나 몸으로는 쉽게 체험되지 않는다. 해 저문 저녁, 노을조차 짧아져 바람은 가득 냉기를 품었고, 냉기 품은 바람은 벌거벗은 나목을 스치고 흔들며 무심히 겨울 속을 지나간다. 나목은 조용히 눈을 감는다.

화담 서경덕이 집을 나서는데 젊은이 하나가 길바닥에 주저앉아 하염없이 울고 있었다. 사연인즉 자신은 소경이었는데 조금 전 갑자기 눈이 떠져서 사방이 환하게 밝아오더라는 것이다. 너무 기뻐서 이리 뛰고 저리 뛰고 하다가 막상 집으로 돌아가고자 하니 길을

스스로를 지키는 힘

잃어버렸다는 것이다. 이 말을 들은 화담은 "그럼 도로 눈을 감으시오(還閉汝眼)"라고 했다. '환폐여안'은 여기서 유래한 말이다.

"내 인생의 최전성기에 문득 뒤를 돌아다보니 숲속에서 길을 잃고 있는 나 자신을 발견했다."

돈과 권력에 취해 방향감각을 잃고 인생의 나락으로 추락했던 단테가 신곡에서 자신의 삶을 돌아보며 한 말이다. 오늘의 현실과 내용은 과거의 내가 만든 것이다. 선현(先賢)은 권력에 눈멀어 길을 잃은 자들에게 다시 눈을 감으라고 일갈(一喝)한다. 눈을 감음으로써 소경은 다시 길을 찾는다.

모든 질서는 시간과 함께 파멸하는 방향으로 진행된다. 여기에 저항하여 생명체는 끊임없이 질서의 흐름을 집중시키며 원자적 카오스의 파멸을 피해간다(E. 슈레딩거, 《생명이란 무엇인가》, 궁리, 2017). 정신적인 에너지를 통해 내면의 질서를 유지할 수 있는 사람이 산만한 사람보다 더 오래 살고 건강하다(Aging cell8, 2009. 9).

근원으로 돌아감을 고요함(靜)이라 하고 이를 일컬어 본성을 회복한다고 한다(도덕경). 고요함은 눈을 감음으로써 생겨난다. 조용히 눈을 감은 겨울 나목. 폐안(閉眼)은 내면을 성찰한다. 성찰을 통해 질서를 회복한다. 한계에 대한 예리한 인식조차 폐안의 결과다. 보이지 않던 길이 보이고 없던 길이 나타난다. 다시 눈감은 겨울 나목, 어린 것은 다부지고 노거수는 장엄하다. 꿈은 다시 피어나 무성해질 것이다.

공감(共感, sympathy)

1990년 과학계는 특별한 두뇌 세포인 '공감뉴런(거울뉴런)'을 발견했다. '공감뉴런'은 다른 사람의 처지와 관련된 나의 내적 느낌을 주관한다. 영화 속의 슬픔이 허구임을 알면서도 우리는 눈물을 흘린다. 반대로 아무리 슬퍼도 상대 앞에서는 훨씬 더 평온한 척한다. 하지만 우리는 그 슬픔을 공감하고 적절히 대응한다. 인간이 적절한 행동을 하는 것은 모두가 공감능력을 지녔기 때문이다(러셀로버츠, 《내 안에서 나를 만드는 것들》, 세계사, 2018).

공감을 통해 슬픔은 줄어들고 기쁨은 배가 된다. 공감능력이 결여 된 인간이 사이코패스다.

사이코패스는 4가지 특성(Hare, R. D. 2003)을 갖는데,

스스로를 지키는 힘

첫째는 말 잘하는 엄청난 거짓말쟁이다. 거짓말을 밝혀내면 난처한 기색 하나 없이 새로운 거짓말로 전환한다. 스스로 특별한 재능이 있다고 믿으며, 이는 그들로 하여금 법 위에 설 수 있는 권리가 있다는 믿음까지 갖게 한다.

둘째, 사이코패스는 반사회적 행동 이력을 가지고 있다. 다른 사람들에게 해를 끼쳤던 행동의 이력들로 가득하며, 일반적으로 사회의 규칙과 법률을 불편하고 불합리한 방해물로 생각한다.

셋째, 두려움을 모른다. 그래서 다른 사람을 조작하고 해를 끼치며 사회규칙과 법률을 무시한다.
마지막 특성은 공감의 결여다.

(- 크리스티안 케이서스,
《인간은 어떻게 서로를 공감하는가》, 바다출판사, 2019)

공감이 결여된 인간에게서 적절한 행동을 기대하긴 어렵다. 광장은 사회적 삶의 공간이자 공감의 공간이다. 광장에서 기쁨은 배가되고 슬픔은 줄어든다. 그래서 사람들은 광장에서 울고 광장에서 웃는다(김훈). 오만한 권력과 비뚤어진 신념은 광장을 타락시킨다. 광장이 타락되면 사람들은 삶의 힘을 잃는다.

공감이 결여된 위선의 광장, 누군가가 사슴(鹿)을 가리켜 말(馬)이라 하니 모두가 말이라 한다. 조롱이자 모욕이다. 분노의 바람은 광장을 흔들었고 위선의 잎은 마침내 떨어졌다. 떨어져 뒹구는 위선의 잎들조차 측은한데 조롱은 그칠 줄을 모른다.

높게 펼쳐진 가을하늘이다. 하늘을 쳐다보며 오늘도 우리는 우리의 마음을 발달시킨다. 공감(共感)은 이렇게 진화된 마음의 산물이다. 우리가 사회적 존재로서 빛날 수 있는 이유도 공감의 능력을 지녔기 때문이다.

일념삼매(一念三昧)

어제가 경칩(驚蟄)이었다. 이제 곧 선정(禪定)에 잠겼던 뭇 생명들
도 하나둘 깨어날 것이다. 깨어나, 선정을 통한 크고 작은 깨달음
을 바탕으로 그들의 삶은 다시 시작될 것이다. 겨울선정에 잠겼던
스님들의 동안거(冬安居)는 이미 지난달에 해제되었다.

"화두일념이 지속되어 일념삼매(一念三昧)의 과정이 오지 않으면 '나'라는 생
각의 분별심이 사라지지 않기 때문에 진리의 문을 통과할 수 없다."

화두일념을 통한 일념삼매가 올해 동안거 해제 법어의 키워드다.
하버드 대학 심리학 교수인 대니얼 웨그너는 "'나'라는 생각의 분별심
이 사라진 상태에서 인간은 더없이 행복하며, 따라서 행복에 이르
는 길은 자기를 사라지게 만드는 것을 포함하는 듯하다."라고 했다.

화두일념의 선정(禪定)에 잠기면 우리의 뇌에서는 어떤 변화가 일어날까? 가바(GABA, r-Aminobutric acid)의 생성과 방출이 증가한다 (Anc Sci. 2015(1):13-19). 가바는 감각신호를 억제하는 신경전달물질이다. '가바'가 점점 증가하여 일정 농도에 도달하면 두뇌로 오는 자극신호는 모두 차단된다. 두정엽으로 오는 자극신호가 사라지면 공간개념이 사라지고, 전두엽으로 오는 자극신호가 사라지면 의식의 내용이 사라진다. 의식의 내용이 사라지니 번뇌와 망상이 사라지고, 시공간의 개념이 없으니 나와 세상의 구분 또한 사라지고 없다. '물아일체(物我一體) 범아일여(梵我一如)', 뇌 과학이 바라본 일념삼매의 과정이다.

> "우리가 경험하는 세상의 실재를 진면목대로 지각할 수 있다면 거기에는 색깔도 냄새도 맛도 없다. 단지 에너지와 물질만 있을 뿐이다. 그런데도 우리가 지금처럼 세상을 경험하고 느끼는 이유는 여기에서 오는 감각신호를 바탕으로 세계 안에 있는 대상을 우리의 뇌가 만들어내기 때문이다(The BRAIN, D. Eagleman)."

인위적으로 가바를 증가시켜 자기를 사라지게 하는 약제가 소위 벤조다이제핀계 항불안제다. 이 약은 1933년에 처음 합성되어 의학 전반에 걸쳐 사용되고 있지만, 심각한 부작용과 신체적 의존이 생길 수 있어 사용이 매우 제한적이다. 평안과 이완의 부작용 없는 명약은 일념삼매를 향한 용맹정진이다. 어느 정도의 이완과 평온은 가벼운 명상만으로도 가능하다.

스스로를 지키는 힘

회춘(回春)의 비결, 텔로미어(telomere)

나날은 흘러가고 달도 흐르고 지나간 세월도 흘러만 간다.
우리들 사랑은 오지 않는데 미라보다리 아래 세느강은 흐른다.
밤이여 오라 종아 울려라 세월은 흐르고 나는 남는다.

(기욤 아폴리네르, 〈미라보다리〉)

강물처럼 흘러간 아름다운 첫사랑, 아름다운 것은 돌아오지 않는다. 첫사랑이 아름다운 이유도, 청춘이 아름다운 이유도 모두가 한 번 가면 돌아오지 않기 때문이다. 결국 늙고 고독한 '나'만 남긴 채 세월은 강물처럼 흘러만 간다.

우리 몸은 어떤 세포가 언제 재생이 필요한지를 판단하는 정교한 조절체계를 갖추고 있다. 그래서 딱 맞는 수의 새로운 세포들이 적절한 속도로 끊임없이 분열을 통해 재생되고 있는 것이다. 이것이 바로 우리 몸이 젊음을 유지하는 비결이다. 1961년 생물학자 레너드 헤이플릭(Leonard Hayflick)은 정상적인 인간 세포가 유한한 횟수만큼 분열한 뒤 멈춘다는 사실을 발견했다. 세포가 더 이상 분열할 수 없을 때 신체조직은 늙기 시작한다.

세포분열의 키를 쥐고 있는 것이 '텔로미어(telomere)'다. 텔로미어는 염색체 끝에 붙어있는 DNA 조각으로서 세포분열이 일어날 때마다 짧아진다. 세월이 갈수록 세포분열의 총횟수는 늘어나기 때문에 텔로미어의 길이는 점점 짧아질 수밖에 없다. 그래서 어느 한계에 도달하면 세포는 분열을 멈춘다. 2009년 노벨생리의학상은 이와 같은 사실을 밝힌 세 명의 과학자에게 돌아갔다. 분열을 멈춘 세포는 늙기 시작하여 동맥은 굳어지고 면역기능은 저하된다. 생로병사의 생물학적 이치다.

최근 연구의 결과들은 놀랍게도 텔로미어가 길어질 수도 있다는 것이다. 텔로미어가 길어지면 세포분열이 가능해진다. 즉, 회춘(回春)이 가능하다는 것이다. 이는 동물실험에서도 밝혀진 바다. 텔로미어 연구로 2009년 노벨생리의학상을 공동수상한 캘리포니아대학 명예교수인 엘리자베스 블랙번(Elizabeth Blackburn)은 마음의 습관과 신체 습관을 바꿈으로써 짧아진 텔로미어의 길이를 늘일 수 있다고 주장한다. 결국 건강에 좋은 습관이 회춘(回春)을 가능케

스스로를 지키는 힘 ●

하는 것이다. 반면 "관련된 제품의 섭취는 과도한 세포분열로 암의 발생을 증가시킬 수 있다."라고 경고한다.

감정의 민첩성

완연한 봄이다. 들판은 새로운 모습으로 갈아엎어져 물씬 물씬 흙냄새를 풍긴다. 봄바람이 마른 덤불을 헤집을 때마다 한 움큼씩 돋아난 새싹들은 이미 저만큼씩 자라나 봄 햇살이 수줍고, 언덕배기 군데군데 살갗처럼 드러난 누런 황토엔 올해도 어김없이 제비꽃이 피었다. 그 곁에서 뛰어놀던 유년의 추억이 있어 봄은 더욱 애틋하다. 그땐 울다가도 금방 웃었다. 제비꽃처럼 울다 제비꽃처럼 웃었다. 울다 웃을 때마다 우리들 유년의 봄 언덕에는 봄꽃이 한 송이씩 피어올랐다.

감정의 민첩성이란 감정의 맹목적인 덫에서 빨리 벗어나는 것을 말한다. 그래서 부정적인 감정이 자신을 압도하도록 내버려 두지 않는다. 높은 수준의 스트레스도 거뜬히 이겨내며 주변 환경과 상

스스로를 지키는 힘

황에 유연하게 대응한다. 여러 연구의 결과, 감정의 민첩성 수준이 높으면 높을수록 건강은 물론이고 사회적 성공이 그만큼 보장된다고 한다.

감정의 민첩성과 반대되는 개념이 감정의 경직성이다. 감정의 경직성은 감정의 덫에 걸려 다양한 질병들을 초래한다. 그러나 감정의 경직성(감정의 덫에 걸리는 것)은 학습을 통해 극복될 수 있다. 첫 출발점은 감정을 그냥 '존재한다'로 바라보는 것이다(수전 데이비드, 《감정이라는 무기》, 북하우스, 2017). 하버드 대학교 심리학자 수전 데이비드는 자기감정을 자신과 분리된 상태에서 관찰할 때 감정의 지배로부터 벗어날 수 있다고 주장한다. 감정의 덫에 걸리는 순간 강력한 감정들은 늘 우리를 지배해서 판단을 흐리게 만들고 우리를 잘못된 행동으로 이끈다. 감정으로 인한 인식 왜곡의 사실조차 인식하지 못한 채, 왜곡된 진실을 조금의 의심도 없이 받아들이며 기존의 낡은 방식으로 습관처럼 대응한다. 결국 감정의 덫에 걸려 허우적거린다.

지금 지천에 봄꽃이 한창이다. 봄꽃 한 송이가 어찌 계절의 섭리만으로 저리 아름다울 수 있겠는가. 봄꽃이 아름다운 이유는 수줍음을 설렘으로, 설렘은 꿈과 희망으로, 그래서 피어난 꽃이기 때문이다. 가자 꽃구경, 묶은 감정을 날려버리기에는 봄꽃 한 송이만으로도 충분하다.

휘게(hygge)

바싹 마른 잎들이 맑은 소리를 내며 바람에 휩쓸린다. 잎들은 말라가면서 점점 더 맑아진다. 표정도 맑아지고 소리도 맑아진다. 말라가며 맑아지는 것은 잎들만이 아니다. 홀가분히 고개 든 억새들도 더욱 맑게 바람에 사각거린다. 사물이 청정(淸淨)한 본성을 드러내는 겨울의 문턱이다.

'휘게(hygge)'는 감정을 나타내는 단어다. 아무 말 없이 안온(安穩)한 기분에 휩싸인 감정을 덴마크 사람들은 '휘게(hygge)'라고 표현한다. 휘게라는 감정에는 '옥시토신'이라는 호르몬이 크게 작용하는데, 옥시토신은 우리가 신뢰하는 누군가가 포옹을 하거나 혹은 안락한 분위기 속에서 그와 함께 시간을 보낼 때 분비된다. 그래서 '사랑 호르몬'이라고도 불린다(마이크 버킹, 《Hygge life》, 위즈덤하우스, 2016).

스스로를 지키는 힘

휘게에 합당한 우리말 단어는 마땅히 떠오르지 않는다. 언어는 사람들이 경험하는 세상을 반영한다. 특히 단어는 개념의 씨앗이며 단어를 통해 개념이 구체화 된다. 사랑이라는 단어가 없어도 우리는 여전히 그 감정을 사랑이라 느낄 수 있을까? 감정 개념이 없으면 그 감정을 경험 또는 지각할 수 없다. 감정을 표상(表象)시키는 것은 단어이기 때문이다. 인간은 새로운 감정단어를 획득함으로써 그 감정을 경험하고 지각한다(리사 F. 배럿, 《감정은 어떻게 만들어지는가》, 생각연구소, 2017).

휘게는 우리가 새로이 습득해야 할 감정단어다. 다양한 감정단어를 습득한 사람일수록 감정입자도가 높다. 감정입자도가 높을수록 감정이 양극단에 치우치지 않고 정신적 육체적으로 훨씬 건강하다는 것이 의학계의 정설이다.

건강하고 행복한 삶을 위해서는 '휘게'라는 감정을 자주 경험해야 한다. 휘게는 새것보다는 익숙한 것, 화려함보다는 간소한 것, 빠른 것보다는 느린 것과 관련이 있다. 휘게는 가장 단순한 것에서 느낄 수 있는 기쁨이며 거의 아무런 비용이 들지 않는다. 휘게는 미래를 꿈 꾸면서도 느낄 수 있고, 과거를 회상하면서도 느낄 수 있다(마이크 버킹, 《Hygge life》, 위즈덤하우스, 2016). 그러나 '휘게'라는 감정단어의 습득 없이는 우리는 그 감정을 경험할 수 없다. 사랑이라는 단어를 모르면 사랑이라는 감정을 경험할 수 없는 것처럼….

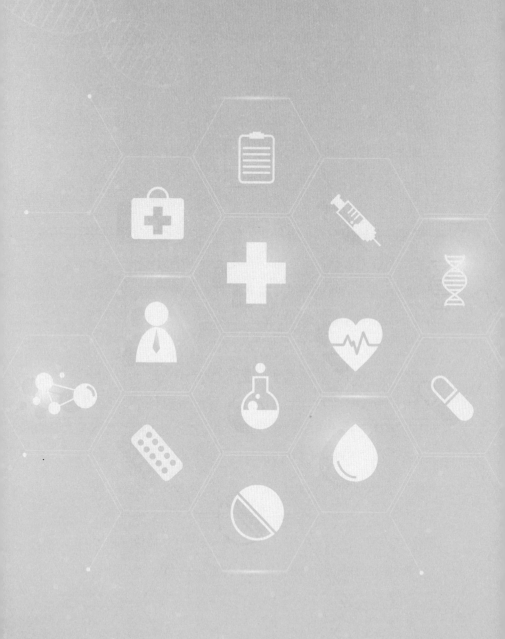

제 2 장

▼
▽
잠깐 멈춤

잠깐 멈춤

절기는 속일 수 없음인가?

바람은 어느새 가을을 품었고, 가을을 품은 바람이 폭염에 지친 들판을 지난다. 흔들흔들 지날 때마다 숨 가빴던 호흡들도 어느새 가지런히 고요함을 회복한다. 덕분에 풀벌레들의 울음소리만 높아졌다. 이어질 듯 멈추고 멈출 듯 이어지며. 분명 마디가 있고 멈춤이 있는 울음이다. 얼마 남지 않은 삶을 예견했음에도 멈춘다는 것은 멈추지 않으면 지속될 수 없음을 이들도 분명 알고 있기 때문일 터, 그래서 가을이면 이들의 울음소리가 더욱더 애처로운 것이다.

인디언들은 길을 가다 넘어지면 '잠깐 멈추기 위해서'라고 한다. 혹시라도 미처 영혼이 따라오지 못할까 봐. 우리말에도 "넘어진 김

스스로를 지키는 힘

에 쉬어가라."라는 격언이 있다. 느낌(受)과 인식(想) 등 기타 정신 상태를 구성하는 것이 바로 우리의 영혼이다. 영혼이 따라오지 못하면 어떻게 될까. 현실이 왜곡된다. 감정이 왜곡되기 때문이다. 감정은 모든 것에 의미를 부여하고 우리의 행동을 명령한다. 이것이 '정동실재론(情動實在論)'이다. 왜곡된 감정은 왜곡된 행동을 이끈다. 왜곡된 감정으로 괴로워하고 잘못된 행동으로 후회하다가 심지어 병을 얻기도 한다. 멈출 줄 모르면 누구 말처럼 한방에 '훅' 갈 수도 있는 것이다.

미국 텍사스주 베일러 의대 교수인 닥터 레이클(Robert E. Rakel, 가정의학)은 왜곡된 현실을 바로잡기 위해서 잠깐 멈출 것을 제안한다. 멈춰야(止, pause) 영혼이 따라와 함께할 수 있다. 그래야 비로소 내면에 일어난 현상(presence)을 정확히 '볼(觀)' 수 있고 바로잡을 수 있다. 그런 다음 나아가는 것이다(proceed). 이것이 바로 멈춤을 통한 자가 치료(self-treatment)의 기본 메커니즘(3P)이다. 지관겸수(止觀兼修)와 정혜쌍수(定慧雙修), '지와 관'을 고르게 닦을 것을 강조한 불교의 수행법하고도 통하는 대목이다.

건강한 삶을 살아가는 사람은 멈출 줄 아는 사람이다. 멈춤(定)이 있어야 고요할 수 있고, 그래야 비로소 볼(慧) 수 있다. 멈춤을 통해 스스로를 치료하며 일신우일신(日新又日新) 나아가는 것이다. 멈춤이 없이는 어떤 것도 지속될 수 없다.

이 가을 풀벌레의 울음을 통해 배우는 멈춤의 역설이다.

스스로를 지키는 힘

가을 양광(陽光)

　높다랗게 펼쳐진 푸른색 하늘이다. 그 아래로 향기(薰)처럼 송송 햇살이 내린다. 어디선가 한 무리의 가을바람이 지난다. 갈바람을 타고 점(點)이었던 햇살은 어느새 선(線)으로 변해 가을의 프리즘을 통과한다. 순간 안간힘을 쓰며 버티던 한여름의 초록 너머로 붉고 노란 가을의 빛깔들이 어른거린다. 가을이 보여주는 갖가지 색채와 색조는 파장으로 경계 지워진 여러 종류의 빛을 우리의 뇌가 색깔로 인식하기 때문이다. 그러므로 가을은 프리즘을 통과한 빛을 바탕으로 우리의 뇌가 만들어 낸 환상(幻想)의 공간이다. 이 환상의 공간은 올해도 여느 때나 마찬가지로 그저 평범한 가을의 모습이다.

태양빛의 화가 '빈센트 반 고흐'는 평범한 것일수록 숭고해 보인다고 했다. 그것은 아마도 평범한 것은 열정이 아니라 평온함에서, 원망이 아니라 사랑에서 발현되었기 때문일 것이다. 사랑으로 열매를 맺고 평온하게 고개 숙인 가을의 모습은 분명 숭고한 모습이다. 우리들 어머니처럼….

숭고한 가을의 공간 사이로 한 무리의 생명들이 날아오른다. 눈부실 정도로 선명한 날갯짓이다. 들판을 보듬는 개울조차 빛을 발하며 흘러간다. 빛을 발하는 것이 어디 개울뿐이랴. 황금들녘, 보름달, 그리운 이, 보고 싶은 사람. 생명을 지탱하는 모든 삶이 빛을 발하며 꿈틀거린다. 온통 그리움의 빛이다. 다윈은 〈인간과 동물의 감정표현〉에서 "감정은 초기의 동물 조상으로부터 오랜 세월 동안 변하지 않은 채 인간에게 전수됐다."라고 주장했다. 부드러운 가을의 태양이 나의 뉴런을 점화시켜 까마득한 나의 감정을 기억하게 하고, 나는 지금 그것을 지각하고 있는 것이다. 가을은 온통 그리움으로 피어난다. 그리움으로 출렁거린다. 그리움은 밀려오는 행복이다. 모두가 가을 양광이 주는 선물이다.

미국 신경과학 분야 최고의 권위자인 리사 F. 배럿 박사는 가능한 초목과 자연광이 많은 곳에서 시간을 보내도록 노력하라고 했다. 망막에 부딪히는 '가을 양광'은 우리의 뉴런들을 차례대로 점화시켜 까마득한 기억을 되살리고 행복물질을 만들어낸다. 시인 박

스스로를 지키는 힘

목월도 "인간은 내면의 빛으로 산다."라고 했다. 가을 속의 나는 지
금 행복하다.

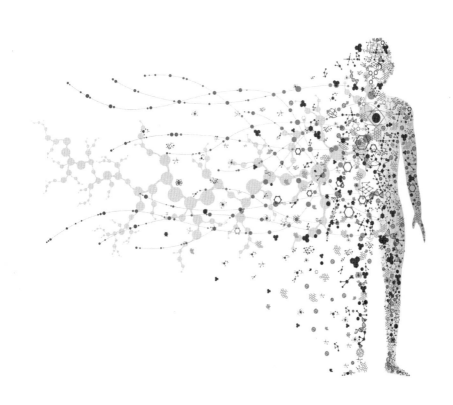

만추의 서정

입동은 내일모레 겨울의 문턱이다. 너울너울 봉화(烽火)처럼 피어올라 가을의 서막을 알리던 고개 숙인 억새들도 이젠 홀가분히 고개를 들었다. 치열하게 대지의 수분을 뽑아 올리던 거리의 가로수 튼실한 물관부도 서서히 작동을 멈추는 듯 무더기로 우수수 잎들이 진다. 찬란했던 가을이 진다. 냉기 품은 바람이 사정없이 지난다. 애틋한 추억을 뒤로하고 달랑 손을 흔들며 떠나는 저 여린 일엽들, 찬란히 빛났던 가을과의 이별이다.

아 저녁노을처럼 하염없이 사라진 애틋한 꿈이여 아름다운 첫사랑.

〈첫 사랑의 꿈〉, 박목월

적막산천 홀로 남은 억새가 달빛아래 서걱서걱 슬피도 운다. 누

스스로를 지키는 힘

가 만추의 서정을 고독이라 했는가. 만추의 서정은 고독이 아니다. 측은지심(惻隱之心), 여린 가슴 저미는 알싸한 아픔이다.

수필가로 널리 알려진 금아 피천득 선생은 '여린 마음'으로 돌아간다면 인생은 좀 더 행복할 수 있을 것이라고 하였다. 아픔의 역설이다. 여린 마음이란 여린 품성이 발현된 것이다.

인체의 면역계도 여린 마음을 지니고 있다. 이를 '면역관용(immune tolerance)'이라고 한다. 면역계가 여린 품성을 상실하여 일으킨 질환이 자가 면역질환이다. 최근 면역세포의 여린 품성을 이용한 치료법이 소개되어 비상한 관심을 끌고 있다. 기존 면역치료법은 환자의 혈액에서 면역세포를 추출하고 실험실에서 유전적인 변형을 거쳐 수정된 면역세포가 다시 환자에게 주입되어 암, 백혈병 등 악성세포를 공격하는 치료법이었으나, 이 치료법은 정상세포도 공격을 당할 수 있는 제한점이 있었다. 인위적인 면역강화가 면역계의 여린 품성을 앗아갔기 때문이다. 여린 품성을 상실한 개체는 스스로 병든다. 스스로를 보호하는 힘, 그것은 바로 여린 품성에서 발현된 '여린 마음(惻隱之心)'이다.

여린 마음은 스스로를 지키는 힘이기도 하지만 인간의 존엄과 가치를 보호하는 최고경지의 진화적 산물이다. 여린 마음은 타고난 것(personality)이지만 대부분 후천적으로 습득된다. 그러므로 자주 발휘되지 않으면 상실된다. 만추의 서정은 여린 마음(惻隱之心)을 일깨우는 가을이 주는 또 하나의 선물이다.

1분의 법칙

가을은 어찌 이리도 잠깐인가. 떨어져 뒹구는 허망한 삶들 위로 어느새 무서리가 내렸다. 무서리가 몰고 온 고요함인가, 고요를 틈 타 내린 무서리인가. 기러기 떼 울며 떠난 텅 빈 들판에는 고요함 만 가득하다. 슬픔마저 고요한 적막강산(寂寞江山), 무서리 머금은 고요해진 슬픔 사이로 냉기 품은 바람이 무심히 지나간다. 들판도 이제는 선(禪)에 잠긴 것인가.

겨울은 분주함으로 가득했던 들판이 묵언(黙言)과 명상(冥想)을 통해 내면의 질서를 회복하는 시간이다. 회복된 질서를 통해 또다시 새로운 생명을 가득 꽃피울 것이다. 묵언과 명상은 흐트러진 내면의 질서를 회복하고 유지하는 훌륭한 수단 중 하나다. 불가에서는 이를 수행의 으뜸으로 여긴다. 평화와 행복 같은 좋은 감정도

스스로를 지키는 힘

내면의 질서가 유지될 때 생겨난다. 물론 그 역(逆)도 성립한다. 1주 후면 불가의 스님들도 겨울안거(冬安居)에 들어간다. 장장 석 달 동안 일체 외부와의 연결을 두절한 채 묵언과 명상만으로 하루하루를 보낸다. 바른 삼매(正定)를 위한 바른 정진(正精進), 실로 고난한 수행이 아닐 수 없다.

인간은 정신적인 개념을 사용해 신체질서를 조절할 수 있는 유일한 동물이다. 하지만 신체 상황을 정신적인 개념을 사용해 개선하는 것은 말처럼 쉽지가 않다. 불행하게도 현대문화는 우리의 신체 상황을 쉽게 엉망으로 만든다. 신체 상황이 정상궤도를 이탈하게 되면 좋은 감정도 사라진다. 만성적으로 비참한 기분에 빠져들기도 한다. 이때 동물들은 움직임으로써 신체 상황을 개선한다. 이것이 가장 빠르고 쉬운 방법이기 때문이다. 만사가 귀찮더라도 단 1분만 움직여보라. 잠깐의 시간만 지나면 피로가 가시고 기분이 좋아진다. 그래서 움직임의 시간이 곧 30분이 되고 1시간이 되는 것이다. 이것이 '1분의 법칙'이다.

움직이면 세로토닌 수치가 증가하고 노르에피네프린이 충전된다. 그리고 도파민을 선물한다. 모두가 소위 행복 호르몬이다. 움직이면 더 자주 행복감을 느낄 수 있는 이유다. 미국 종양간호학회 (Oncology Nursing Society)에서는 암성피로의 가장 효과적인 중재를 운동으로 본다. 암 환자에게서도 신체 활동이 감소하면 암성피로가 증가하기 때문이다. 겨울은 더 자주 움직여야 하는 계절이다.

심리적 나이

하늘은 높아졌고 바람은 맑아졌다. 뜨거운 햇살을 숙명처럼 견뎌내던 푸른 잎들의 굳센 잎맥 위에도 어느덧 황혼의 녹슨 빛이 어린다. 시간의 흐름을 따라 자연은 변함없이 생명의 리듬을 완성해 가겠지만, 파리하게 늙어가는 풀들이 풀벌레의 울음소리를 따라 소리 없이 어깨를 들썩인다.

"사람들은 흔히 심리적 연령과 생리적 연령을 말하고, 심리적 연령의 개인차를 말한다. 그러나 자기의 심리적 연령이 생리적 연령보다 젊다고 생각하지 않는 사람은 하나도 없는 것으로 나는 생각한다. 우리는 누구나 다 가슴속에는 영원(久遠)한 청춘을 갖고 언제까지나 젊다는 착각 또는 환각 속에 살고 있는 것이 아닌가 생각한다."

(- 이양하, 〈늙어가는 데 대하여〉)

스스로를 지키는 힘

30대가 되어서는 아저씨라는 호칭에 실망했고 50대 후반에는 할아버지라는 호칭에 놀랐다. 나이가 들수록 나이를 잊고 싶은 것은 인지상정이다. 그러나 실제 나이와 심리적 나이의 차이가 너무 심하면 문제가 생길 수 있음을 이제야 조금 알겠다. 나잇값을 못하기 쉽고 외양조차 어색해지기에 십상이다. 몸은 따라가지 않는데 욕심만 앞서니 몸의 여기저기에 문제가 생기기도 하고, 도전이 지나쳐 집착을 불러오기도 한다. 지나친 도전은 마음의 자유마저 제한한다. 자칫 황혼녘의 평화와 여유를 대가로 지불해야 할지도 모른다. 심리적 나이가 젊다 하여 결코 자랑할 것이 못 되는 것이다. 빨갛게 고추가 익어가고, 숨 가쁘게 한낮의 햇볕을 불러 모으던 호박잎에도 어느덧 주름이 진다. 내면이 외양을 결정한다면, 가을을 향해가는 식물들의 외양은 모두 성숙된 내면의 결과일 것이다.

맹렬하게 담장을 타고 오르던 담쟁이덩굴도 동작을 멈추었다. 은행잎은 색조를 바꾸기 시작했고, 한여름의 무성함을 완성했던 나뭇잎 사이로 선선한 바람이 지나간다. 저녁노을이 바람을 타고 퍼져간다. 들녘은 가을의 예감으로 물들기 시작했고, 한 무리의 새들이 또렷이 맑은 하늘 위로 날아오른다. 노을 진 들녘의 평화롭고 여유로운 모습이 아닐 수 없다. 봄은 아쉬웠고 여름은 뜨거웠다. 동작을 멈춘 담쟁이덩굴도 지나온 세월을 더듬으며 삶의 리듬을 완성해 갈 것이다. 어디선가 바람이 불어오는 듯 노을 진 잎들이 소리 없이 흔들린다. 드디어 가을(fall)인 것이다.

여름 꽃이 한창인데

활짝 핀 나리꽃이 군데군데 외진 들판을 밝힌다. 산딸기 익어 가는 숲 길가에는 자줏빛 싸리 꽃이 화사하고, 어디선가 땅벌들이 싸리 꽃향기를 쫓아 왱왱거린다. 향기를 쫓아서 꽃을 찾는 것은 벌이나 인간이나 다를 바 없는 본성이겠지만, 꽃향기에는 추억이 서려 있어 찔레꽃 향기에는 고향의 봄 언덕이 그립고, 아카시아 꽃향기에는 그 옛날의 과수원길이 그립다.

여름 꽃이 한창이다. 별들의 운행과 나뭇잎의 파동이 같은 질서에서 움직이듯, 꽃들도 다른 것들로부터 오는 신호에 반응한다. 서로 부딪히고 뒤엉키고 하지만, 결국 매끄럽고 조화로운 질서가 출현하니 여름 꽃도 이와 같은 것이다. 각자 몸의 우주 안에서 중중무진(重重無盡)으로 연결된 상호작용이 마침내 꽃이 되는 것이니,

스스로를 지키는 힘

아무리 아름다운 꽃이라 할지라도 실상은 잠시 머무는 현상(幻)에 불과할 뿐, 독립적으로는 존재할 수 없는 것이다.

올해도 능소화는 수직의 담벼락을 타고 넘어 기어이 하늘을 향해 피었고, 장마 끝 한여름의 햇살이 활짝 핀 꽃잎 위로 사정없이 부서진다. 봄꽃과는 달리 여름 꽃에서는 성숙한 중년의 아름다움이 느껴진다. 진한 향을 발하는 순백의 치자 꽃이 그렇고, 여름 호숫가에서 고고히 수면을 밝히는 연꽃의 자태 또한 그러하다.

최근 의학계의 한 보고에 의하면 우리나라 전체 불면증 환자가 2배 가까이 늘었다고 한다(대한신경정신의학회 2020). 더구나 기상청은 올여름 우리나라 기온은 지난해보다 높고 폭염일수는 평년의 2배 이상일 것으로 내다봤다. 폭염일수가 늘어나면 열대야로 불면증도 늘어난다. 불면증 환자는 각종 질병의 발생위험이 증가하고 사망률 또한 일반인보다 높다. 불면증을 극복하기 위한 가장 기본적인 수칙은 신체활동을 늘리고 자주 자연광을 접하는 것이다. 신체활동은 수면에 부정적인 물질을 중화시키고, 낮 동안 경험한 자연광은 밤이 되면 수면을 유도하는 물질의 분비를 촉진시킨다.

여름 꽃이 한창이다. 꽃들도 밤이 되면 수면을 취한다. 한낮에는 광합성을 하느라 숨을 헐떡이던 하얀 개망초도 밤이 되면 잎들을 오므린 채 수면을 취하고, 호수 위 수련(睡蓮)들도 밤에는 꽃잎

을 오므린 채 깊이 잠(睡)을 잔다. 결국 꽃들도 수면을 통해 낮과
밤의 리듬을 완성시키는 것이다.

스스로를 지키는 힘

다시 빛나는 길(道)

지난 계절의 흔적은 이제 거의 사라졌다. 물러가는 계절을 따라 새로운 계절이 다가오지만, 계절의 경계는 구분되지 않는다. 물러가는 계절 속에 다가오는 계절이 숨어있고 다가오는 계절 속에는 지난 계절의 흔적이 묻어 있기 때문이다.

경계선은 잠재적인 전선이다(켄 윌버). 전선에서 진영은 끊임없이 충돌한다. 그동안 정치권의 편 가르기로 다양한 수준의 전선이 형성됐고, 다양한 전선에서 국민들은 한 번도 경험해보지 못한 비상한 상황을 맞이하고 있다. 다행히 의사 간호사 편 가르기는 실패로 끝났다.

편 가르기는 광신에 빠진 구성원들의 이성을 조정하고, 도덕적 추론의 동력을 제공하기도 한다. 네 편 내 편 갈라질 때 감정이 점화되고, 그때 우리의 바른 마음은 기다렸다는 듯이 전투태세에 돌입한다. 자신이 인식하는 모든 것에 직관적으로 반응하여 우리의 의식을 변화시킨다. 상대가 아무리 훌륭한 동기를 가지고 수많은 과학적 근거를 제시해도 직관은 쉽게 바뀌지 않는다. 자신의 직관을 끊임없이 정당화시키며 항상 나는 옳고 너는 틀린다. 결국 우리는 한낱 패거리로 전락한다(조너선 하이트, 《바른 마음》, 웅진지식하우스, 2019).

어린 시절 동네 형들의 꾐에 넘어가 친하게 놀던 동무와 이유 없이 싸웠던 적이 있다. 우리는 그때 그들의 음모를 눈치챌 수 없었다. 그들은 아마도 우리의 격투(?)를 동네 개싸움 구경하듯 즐겼을 것이다. 어린 시절 뼈아픈 기억 중 또 하나는 동급생 마주 보고 뺨 때리기다. 이 체벌은 둘이서 마주 보고 상대의 뺨을 교대로 때리는 것인데, 처음에는 때리는 시늉으로 시작하지만 결국 인정사정없이 상대의 뺨을 때리다 어느 한쪽이 울음을 터뜨리고 나서야 중단되었다. 철없이 어렸고 한없이 우둔했던 그때 우리는 이 천인공노할 원시적 체벌의 정당성에 조금도 의문을 품을 수 없었고, 교실의 권력 또한 절대적이었다. 국민을 편 갈라서 서로 싸우게 하는 것이 동급생 마주 보고 뺨 때리기와 무엇이 다른가. 망치를 손에 든 사람에게는 모든 것이 못으로 보이는 법이다(마크 트웨인 Mark Twain). 그들에게 국민은 무엇으로 보였을까?

태풍의 위력은 대단했다. 동강 난 다리가 복원되고 끊어진 길
(道)들이 열리고 있다. 길들은 다시 굽이굽이 단절된 산하를 연결시
키며 아침이면 언제나 밝게 빛날 것이다.

빛나는 4월

    수많은 생명들이 빛이 되어 반짝인다. 어떤 것은 꽃으로, 어떤 것은 꽃처럼. 사물이 빛으로 반사될 때 우리는 이것을 색으로 인식한다. 빛에는 색이 없어 본래 공(空)한 것이나 4월의 들판이 형형색색으로 빛나는 것은 사물에 반사되는 빛의 파장이 각각 다르기 때문이다. 빛의 파장이 색(色)으로 구분되는 것은 순전히 내 의식의 소산이다. 형형색색 눈부신 4월이다. 연두는 먼 산을 향해 달려가고 들판은 싱그러운 빛으로 가득하다.

    4월의 빛은 색깔은 여러나 돌출되지 않는다. 연두는 지난가을의 빛 속에서 돋아나 현재의 빛이 되고 이들은 서로서로 스며들어 내일의 꽃이 되니, 4월의 들판에는 삼세(三世)의 빛이 공존한다. 공존하여 조화를 이루니 4월은 아련히 물결 같고, 빛은 물결처럼 바람

    스스로를 지키는 힘

에 나부낀다. 아, 빛나는 4월이다.

빛에는 에너지뿐만이 아니라 다양한 정보가 담겨있다. 인간의 뇌는 계속해서 빛을 살피고 빛과 상호작용하도록 진화했다. 생명과 빛이 만나면 생명체의 내면에는 광자가 번쩍이고 풍성한 색채의 변화를 쏟아낸다(노먼 도이지, 《스스로 치유하는 뇌》, 동아시아, 2018). 빛의 다양한 파장이 그 주파수에 따라 살아있는 생물 내에서 각기 다른 영향을 준다는 것은 이미 알려진 사실이다(Karel Martinek and Ilya Berezin, 1979). 어떤 것은 비타민을 합성하고 또 어떤 것은 우리 몸의 효소를 자극한다. 낮에 쬐는 특정 파장의 빛은 밤에 수면유도물질인 멜라토닌의 분비를 원활하게 한다. 불면으로 고생하는 사람들은 수면제를 복용하는 것보다 멜라토닌을 조절하는 힘을 길러야 한다.

빛은 다양한 파장을 지녔다. 이것이 반사될 때 빛은 색이 된다. 빛이 지닌 고유한 진동과 정보는 인체의 기능을 증강시킨다. 빨간빛은 교감신경을 자극하여 생기를 북돋우고, 초록은 자율신경을 정돈하여 뇌의 컨디션을 회복시킨다(Evid Based Complement Alternat Med, 2005).

'인간에게 절실한 것은 모두 아름답다'고 했다. 빛나는 4월이 저렇게 아름다운 이유도 4월에 반사되는 다양한 빛의 파장이 망막과 살갗을 뚫고 내 몸속으로 들어와, 내 몸속에서 일으킬 태산 같은 공명이 절실하기 때문이다.

동해 바다 봄 멸치

봄 햇살이 튕겨내는 춘삼월의 바다는 온통 초록이다. 이는 오로지 엽록소를 지닌 식물성 플랑크톤이 따뜻한 햇살을 받아 증식했기 때문인데, 이때쯤이면 어김없이 동해 앞바다에 멸치 떼가 나타난다. 이것이 동해 바다 봄 멸치다. 음력으로 춘삼월이 시작되면 필자의 고향 앞바다(울산 온산만)에서도 멸치잡이가 시작되었다. 만선의 깃발을 펄럭이며 멸치잡이 목선이 포구에 도착하면 본격적인 멸치털이가 시작된다. 대여섯 명의 선원들이 일렬횡대로 서서−동작일치를 위한 구령(?)을 끊임없이 반복하며−그물코마다 가득 걸린 멸치를 털어낸다. 지금 그 고된 노동의 풍경을 회상해보면 구령은 마치 신음 같았고 거룩한 주문 같기도 했다.

스스로를 지키는 힘

어른 손가락 크기의 봄 멸치는 알이 배이고 살이 올라 맛과 영양 면에서 최고다. 그래서 멸치젓은 보통 봄 멸치로 담근다. 갓 털어낸 싱싱한 봄 멸치는 회로도 즐겨 먹는데, 필자에게 그 맛은 고향에 대한 애틋한 그리움이기도 하다. 멸치 회는 볏짚 몇 개를 둘둘 말아 비늘을 쓱쓱 벗긴 다음 손으로 몸통을 반으로 갈라 뼈를 제거하면 끝이다. 초고추장은 약간 묽을 정도로 하되 신맛을 약간 강하게 하여, 푹 적셔 젓가락 가득 한입에 먹어야 제맛이다. 풍부한 아미노산과 필수지방산은 봄 멸치 특유의 고유한 향과 감칠맛을 선사하는데, 그 맛은 가히 치명적이라 한번 맛보면 평생 잊지 못한다. 멸치 회는 버무려 먹어도 그 맛이 일품이다. 버무리면 살이 약간 탱글해짐과 동시에 초고추장의 시큼하고 달달한 맛이 멸치의 살 속으로 스며들어 조화로우면서도 독특한 맛을 선사한다.

무엇보다도 싱싱한 멸치 회에는 오메가3 지방산이 풍부하다. 잘 알려진 대로 오메가3 지방산은 심혈관 질환을 예방하는 효과가 있다. 단, 하루 4g 이상 충분히 섭취하는 경우 그렇고(NEJM, Reduce-It Study, 2018) 그 이하로는 효과가 없다는 것이 현재까지의 연구 결과다. 하루 4g 이상을 알약의 형태로 복용하는 것은 여러 가지 부작용으로 쉽지가 않다. 가장 좋은 섭취방법은 신선한 식품의 형태로 맛있게 먹는 것이다. 몸에 좋기로 제철음식만 한 것이 없다. 드디어 동해 남부 앞바다(부산 기장 대변항)에 봄 멸치의 시즌이 시작되었다.

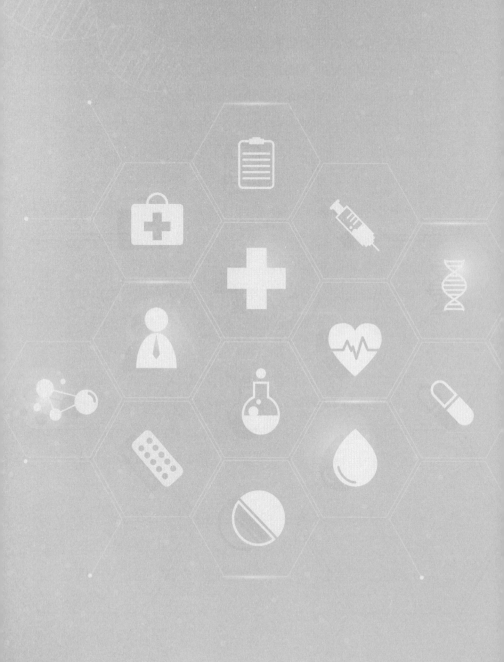

제 3 장

▼
▽ 스스로를 지키는 힘

스스로를 지키는 힘

연일 계속되는 폭염 속에서도 숲의 잎들은 모두 태양을 향해 고개를 들었다. 이들이 모두 아우성을 치며 치열하게 태양을 향해 고개를 드는 까닭은 식물이 지닌 빛을 향한 본능 때문이다. 인간 역시 빛을 향해 나아가려는 본능이 있다. 식물의 빛이 외부의 물리적인 것이라면 인간의 빛은 내면의 심리적인 빛이다. 인간이 시련과 절망의 어둠 속에서도 희망을 향해 나아가는 것은 모두 인간이 지닌 긍정유전자 덕분이다. 빛을 향한 유전적 본능이 있어 인간이든 식물이든 생존에 필요한 에너지를 얻는다.

인간이 내면의 빛을 통해 얻는 에너지가 바로 긍정에너지다. 긍정에너지는 외부의 물리적인 현상에도 긍정적인 영향을 미친다. 이는 파동의학의 권위자인 마사루 에모토 박사가 실험을 통해서도 증명한 바다.

긍정적인 심리상태로부터 얻어지는 긍정에너지는 개체를 산화적 손상으로부터 지켜내는 강력한 힘이기도 하다. 이는 "긍정적인 심리상태가 건강수명을 늘릴 수 있다."라는 호주 퀸즐랜드대학의 연구 결과와도 일치한다.(《Journal Psychology and Aging》, 2014)

생명현상과 함께 증가하는 산화적 손상은 결국 개체를 죽음으로 몰아넣는다. 불가피하게 생겨나는 산화적 손상을 어떻게 줄일 것인가? 그것은 긍정유전자를 발현시키는 것이다. 긍정유전자를 발현시키는 것은 긍정적인 마음가짐이다. 인간이 품은 긍정유전자는 생존을 향한 진화적 산물이며 개체를 산화적 손상으로부터 지켜내는 가장 강력한 힘이기도 하다. 신경과학자 켄더시 퍼트 박사는 "우리 신체는 천연 약을 만들어내는 제조 공장이다."라고 했다. 긍정유전자가 발현되는 순간 우리 인체는 가장 강력한 항산화제를 합성하기 시작한다. 이것이 바로 스스로를 지키는 힘이다.

6월의 소반(小盤)

들판은 다시 가지런해졌다. 횡과 열을 맞춘 이앙된 벼들의 공간 사이로 거침없이 바람이 지나고, 쏟아지는 태양 빛의 입자는 점점 가팔라져 들판은 하루가 다르게 성숙해 간다. 벼들도 이제는 자리를 잡은 듯 한결 튼실해졌다. 숨 가쁘게 달려가는 6월의 들녘이다. '6월의 소반(小盤)'은 이맘때 농부들이 자식처럼 자라나는 들판을 바라보며 마주한 소박한 밥상이다.

갓 돋아난 새순들이 봄철 소반의 주인공이었다면 6월 소반의 주인공은 자연광을 받고 자란 더욱 강성해진 잎들과 된장이다. 잎사귀와 된장의 조화가 만들어내는 절묘한 맛은 6월 소반이 아니고는 맛볼 수 없다. 입안 가득 아삭거리며 퍼져가는 촉감과 향, 그리고 된장과 어우러진 이 맛은 이들이 지닌 화학적 요소들의 작용만

스스로를 지키는 힘

으로 만들어지는 것이 아니다. 이 맛은 오롯이 봄 농사를 끝낸 농부들이 6월의 들판을 바라볼 때 생겨나는 감정이 보태져 만들어진 것이다. 우리들의 부모가 느꼈을 이 맛은 우리들에게도 고스란히 전수되어 6월이면 강된장과 잎사귀로 가득한 '6월의 소반'이 그리워지는 것이다.

음식의 맛은 집착과 욕심을 불러오는 강한 자극임에 분명하지만, 6월 소반에는 강한 자극이 없다. 6월의 소반은 마주하는 순간 자연이 키워낸 싱싱한 생명체가 우리 몸속으로 들어와 건강하게 뒤섞인다. 뒤섞여 잎사귀들이 지닌 풍부한 화학적 요소(칼륨)들은 장이 지닌 과도한 염분을 배설시키고, 장은 이들이 지닌 풍부한 항산화적 요소들을 하나하나 풀어낸다. 하지만 이와 같은 화학적 변화들은 우리들의 인식영역을 한없이 벗어난다.

여름은 검푸른 잎들의 계절이다. 잎사귀 채소의 섭취가 대장암과 위암 그리고 심혈관 질환의 발생은 물론이고, 이들 질환으로 인한 사망을 줄인다는 것은 익히 알고 있는 사실이다. 섭취가 많을수록 이들 질환의 예방효과도 커진다. 칼로리와 지방은 넘쳐나지만 정작 중요한 것은 이들이 지닌 영양소다. 그래서 등장한 것이 영양보충제다.

영양보충제는 어느덧 우리 시대의 문화적 강박이 되었다. 하지만 많은 연구자들이 부족한 영양분을 음식을 통해서 섭취하기를 강력히 권고한다. 영양보충제란 효과가 없거나 미미하지만, 과하면 해가 될 수 있기 때문이다. 필요한 것은 '6월의 소반'이다.

전환의 시점에서

꼬인 것은 풀어지고 뭉친 것은 흩어진다. 흩어진 자리엔 씨알이 영글고 잎들은 색조를 바꾼다. 자연은 다시 전환의 시점이다. 전환은 대립과 마찰을 예고하지만, 자연성에 기인한 전환에는 가고 오는 것들이 조화로울 뿐 마찰과 대립은 발견되지 않는다. 장마가 그치면 맑고 높은 하늘이 펼쳐질 것이고 이삭은 산들바람에 영글어 갈 것이다. 길가에 선 잡풀들, 숨 가쁘게 담벼락을 타고 오르던 넝쿨들도 동작을 멈추었다. 빈자리의 여백은 늘어나기 시작했고 늘어난 여백들 사이로 감추어졌던 것들이 하나둘 제 모습을 드러낸다. 빗물 머금은 잎들의 시선은 깊고도 고요하다.

우리는 성장하면서 온갖 개념으로 가득 찬 나의 뇌를 발달시킨다. 객관적인 풍경이 감각기관을 통해 뇌에 전달되면 뇌는 개념을 바탕으로 바라보는 자의 마음을 창조한다(리사 F. 배럿, 《감정은 어떻게 만들어지는가》, 생각연구소, 2017).

마음이 닿을 때 사물은 스스로 표정을 드러낸다. 우리의 감각은 그 인상, 즉 외부 세상에 대해 주관적으로 느끼는 이미지만을 받아들인다(알프레드 아들러, 《삶의 의미》, 부글북스, 2017). 그래서 풍경은 각자 마음의 풍경인 것이다. 물리적 실재가 그것을 지각할 수 있는 사람에게만 존재하듯, 마음의 풍경은 마음이 있는 사람만이 경험한다. 사물이 있는 그대로 무엇으로만 보인다면 그 순간 우리의 마음은 없는 것이다.

철학자 '대니얼 데닛'은 사물이 인간의 수준으로 움직일 때 마치 그것에 감정과 의도가 있는 것처럼 보인다고 했다. 식물에게서 마음을 자각하지 못하는 이유는 식물에서 나타나는 행위적 움직임이 매우 느려 우리가 포착하지 못하기 때문이다.

계절은 다시 전환의 시점이다. 전환의 순간에서야 우리는 사물의 움직임을 포착하고 움직임을 통해 그들의 표정을 읽는다. 간절한 마음이 되살아나서 표정이 되는 것이니, 표정을 읽는 것은 곧 그들의 마음을 읽는 것이다. 이때 무엇이 무엇처럼 보이기 시작한다.

우리는 가끔 자신의 마음조차 바로 보지 못하고 이해하지 못할 때가 있다. 다른 마음을 바라보는 것, 이것이 궁극적으로 자신의 마음을 바라보는 것이다(대니얼 웨그너·커트 그레이, 《신과 개와 인간의 마음》, 청림출판, 2018).

스스로를 지키는 힘

적응과 무상(無常)

가을이 아릴 듯 맑고 푸른 하늘이다. 들판은 황혼처럼 물들기 시작했고, 쓰러진 야윈 나무들 위로 쓸쓸한 바람이 지난다. 달은 어느새 기울어 기운만큼의 공허감이 산등성이를 타고 흘러내린다. 무성했던 한여름의 영광을 회상하며 잔가지들이 바람에 훌쩍인다. 물결처럼 훌쩍이며 가을의 공간 속으로 우리를 인도한다.

우리의 육체와 마음은 크고 작은 모든 변화를 위기상황으로 인식한다. 그러나 곧 동화와 조절의 과정을 통해 안정을 회복한다(J. Piaget). 이것이 생물학적 용어로 적응(adaptation)이다. 모든 개체는 세포단계에서부터 적극적으로 변화에 적응하는 능력을 발달시킨다. 혜택과 고통 둘 다 적응의 대상이다.

사람들은 하반신이 마비되면 비참할 것이라 생각한다. 이런 생각은 반은 맞고 반은 틀리다. 이를 실제로 경험한 사람들이 사건이 있은 직후에 보통 때보다 훨씬 더 슬픈 것은 맞지만, 결국 1년이 채 안 되어 이 사건이 있기 전의 행복수준으로 되돌아가는 것으로 나타났다(D.O. Hebb, psychological Review53). 형무소의 죄수들도 몇 달 정도의 적응과정을 거치면 일상처럼 형무소 생활을 받아들인다고 한다. 반대로 로또에 당첨된 미칠 듯이 좋은 감정도 시간이 지나면서 사라진다. 모두 다 적응 때문이다.

철학자 쇼펜하우어는 "상황에 기꺼이 따르는 것이야말로 인생에서 가장 중요한 일이다"라고 했다. 법정스님은 "행복할 때는 행복에 매달리지 마라. 불행할 때는 이를 피하려고 하지 말고 그냥 받아들이라."라고 했다. 상황을 기꺼이 받아들일 때 자연스레 조절과 동화의 과정이 일어난다. 그 결과 최악의 상황일지라도 곧 무상(無常)해진다. 적응 즉 무상이다. 적응의 본질을 깨닫지 못하면 어려운 상황에서는 자포자기나 허무감에 빠지기 쉽고 반대의 경우에서는 쾌감의 중독에서 헤어나지 못하고 점점 방탕과 탐닉으로 빠져들게 된다(hedonic treadmill).

스스로를 지키는 힘

산다는 것은 적응의 연속이다. 적응을 통해 색(色)은 공(空)이 된다. 달은 기울어져 산등성이에 걸렸다. 달은 기울어도 검은 산등성이를 타고 시간은 넘어간다. 시간이 가면 가을바람에 훌쩍이는 야윈 가지들도 평상심을 회복할 것이고 숲은 황혼처럼 아름답게 물들 것이다.

시월의 하늘

    시월의 하늘은 쪽빛이다. 들판은 넓어졌고 하늘은 높아졌다. 이
는 황금빛 들판과 쪽빛 하늘이 대비를 이루기 때문인데, 이 아름
다운 색깔의 대비는 점차 선명해져서 시월이 되면 하늘은 더욱 높
아지고 들판은 더욱 넓어지는 것이다. 눈부시게 맑은 가을빛이 듬
성해진 잎들 사이로 바람처럼 지나간다. 가을빛이 지나간 잎들마
다 초록은 풀어져 단풍으로 얼룩진다.

    행복은 '사이(between)'에서 온다고 했다(조나단 헤이드). 나와 너,
나와 사회, 나와 자연의 사이. 행복은 사이에서 오지만, '나'와 '나
아닌 것'과의 사이가 잘못되거나 단절될 때 인간은 우울해진다. 우
리는 사회적 존재이자 자연의 일부다. 오랜 기간 신종 코로나바이
러스 감염증(코로나19)으로 인한 사회적 단절감은 결국 '코로나 블

          스스로를 지키는 힘

루'라는 또 하나의 질병을 유발했다. 우울증은 정신과 육체를 힘들게 한다. 슬프면서 비관적이다. 의욕은 상실되고 육체는 무기력해져서 손가락 하나 까딱하기 귀찮다. 우울증은 죽음으로까지 몰고 갈 수 있는 무서운 병이다. 나와 나 아닌 것 사이의 관계가 복원될 때 우울은 개선될 것이지만, 코로나 이전의 일상을 회복하기에는 아직도 멀어만 보인다.

오늘도 시월의 하늘은 눈부시게 푸르다. 블루(blue)는 은유로서 우울을 상징하지만 실제 색깔로서의 블루는 우울을 달래고 치유하는 효과를 지녔다(Linda Lauren, color therapy during the pandemic, July 28, 2020). '눈이 부시게 푸르른 날에 그리운 사람을 그리워하자'(미당 서정주)는 것은, 눈부시게 푸른(blue) 쪽빛 하늘이 그리움에 사무친 아픈 마음까지도 달래주기에 그러했을 것이다.

억새가 출렁인다. 소슬바람에 흐느끼는 가을 억새도 하늘을 우러러 우울을 달랜다. 우리는 일상적인 세계 속에서 삶의 대부분을 살아가지만, 스스로가 자연의 일부임을 느끼는 순간 그 짧은 시간 속에서 무엇보다 큰 희열을 맛본다(에머슨, R.W.Emerson). 나와 자연의 '사이(between)'는 그저 바라보는 것만으로도 충분하여, 바라보고 느끼는 순간 소원했던 '사이(between)'는 원상태로 복원되며, 자연을 통해 나는 다시 행복감을 느낀다. 오늘도 시월의 하늘은 눈부시게 푸르고, 한낮의 우울을 달래며 가을이 영글어 간다.

가을의 숲

   가을이 깊어 가면 잎(葉)들은 스스로의 삶을 빛으로 승화시킨다. 이 빛은 삶의 이력처럼 다양한 파장을 갖는데 우리는 이것을 단지 색깔로만 인식한다. 잎이 수명을 다할수록 승화된 빛의 파장은 점점 길어져 초록에서 노랑, 주황, 빨강의 순서로 변해간다. 잎들의 삶이 이처럼 색(色)을 따라 흘러갈 때 우리는 비로소 잎의 색깔이 초록도 아니고 빨강도 아님을 자각한다. 가을의 숲이 울긋불긋 형형색색으로 빛나는 것은 매 잎마다 삶의 이력과 떠나는 순서가 다르기 때문이다. 기쁨과 슬픔, 행복과 고독, 한 시절 잎들의 삶이 빛으로 승화되고 나면, 마지막으로 잎들은 진(津)을 토하며 스러진다. 진은 단(sweet)내를 풍기며 숲속으로 휘발된다. 단내 가득한 가을의 숲, 계곡의 물조차 가을바람에 주름지며 단내를 토한다. 이것을 지각한 우리의 뇌는 어느새 좋은 감정을 느끼며 이 느낌을

스스로를 지키는 힘

좇아 숲으로 다가간다.

우리가 무엇에 다가갈지 아니면 그것을 피할지를 미리 준비하게 하는 것은 긍정 혹은 부정의 자잘한 느낌이다. 이것을 '정서적 우선주의(affective primacy)'라고 한다(Wihelm Wundt, 1890). 우리의 뇌가 이 느낌을 평가하는 기준은 그것이 나에게 장차 위협인가 아니면 혜택인가 하는 것이다(조너슨 하이트, 《바른 마음》, 웅진지식하우스, 2019).

가을의 숲에 단내가 더해지면 산은 더욱 사람들로 붐빈다. 숲으로 다가갈수록 초입부의 부산스러움은 사라지고 부딪히는 표정들은 숲을 닮아 고요하다. 자연과 사람의 경계는 허물어져 사람이 단풍처럼 빛난다. 이는 순전히 촉경생정(觸景生情)의 정서적 반응이지만 이것을 통해 자연과 인간이 함께 빛나는 존재임을 자각한다.

인간의 세포는 단것(glucose)을 바탕으로 신진대사를 수행한다. 생명체가 단것에 반응하는 것은 유전자에 감춰진 생존을 향한 본능이며, 생존에 도움이 되는 그 무엇에 반응하는 것은 자연스러운 것이다. 가을의 숲은 단내까지 풍기며 생명을 가진 것들을 숲으로 유인한다. 숲의 미립자는 모든 생명체의 몸과 마음에 소생의 원기를 불어넣고 그것을 통해 우리는 다시 내면의 고요를 회복한다. 가을의 숲은 굿(good)이다. 이것이 가을의 숲에서 우리가 느끼는 정서적 반응이다.

신록(新綠)의 사월

꽃이 지기로서니 바람을 탓하랴. 주렴 밖에 성긴 별이 하나 둘 스러지고/ 귀촉도 울음 뒤에 머언 산이 다가서다. 촛불을 꺼야하리 꽃이 지는데/ 꽃 지는 그림자 뜰에 어리어/ 하이얀 미닫이가 우련 붉어라. 묻혀서 사는 이의 고운 마음을/ 아는 이 있을까 저어하오니/ 꽃이 지는 아침은 울고 싶어라

《낙화》, 조지훈).

꽃은 정점에서 진다. 떨어져 하얀 미닫이를 붉게 물들이다 소리 없이 사라진다. 바람에 흩날리는 찰나의 덧없음, 울고 싶은 꽃잎의 허무한 엔딩이다. 그럼에도 봄은 계속해서 제 갈 길을 향해간다. 소멸을 향한 전진이다. 이젠 잎들의 차례인가. 꽃 진 나무마다 돋아난 새 잎들이 제법 진지하게 연초록의 빛을 선사한다.

봄의 색채 위에 이제는 연록(軟綠)이 더해졌다. 삼월의 봄이 봄

스스로를 지키는 힘

꽃의 수줍음으로 왔다면 사월의 봄은 연록의 애잔함으로 온다. 애잔함으로 다가와 봄바람에 몸부림친다. 봄바람에 몸부림칠 때마다 사월의 색채들은 서로서로 스며들어 스스로의 경계를 허문다. 경계를 허무니 본래의 나는 사라지고 없다. 순백(純白)과 진홍(眞紅)은 분홍으로 얼룩지고, 연록(軟綠)과 초록(草綠)은 푸른 사월의 배경이 되어 빛난다. 푸른 사월을 안고 경계를 허문 하늘과 강이 하나 되어 흘러간다. 삼월의 봄이 경계가 명확한 수묵화라면 사월의 봄은 봄바람의 몸부림으로 화선지에 그려진 한 폭의 수채화다.

봄의 다양한 색채들은 각각 고유한 파장을 갖는다. 파장은 곧 에너지다. 우리 몸과 마음은 색으로부터 나오는 에너지의 자극을 받는다. 이것을 활용한 치료법이 '색채치료'다. 색채치료는 미술치료에서 가장 오랜 역사를 지니고 있다. 색을 이용한 치료가 병을 없애는 극적인 효과를 내는 것은 아니지만 건강을 개선하는 보조적인 효과는 분명해 보인다.

미국 캘리포니아대학(UCLA)의 심리학자 로버트 제라드(Robert Gerard)는 파란색과 녹색은 심리적인 안정을 가져다주며 이 두 가지 색상을 가까이하면 스트레스를 받더라도 그 정도를 낮추거나 해소하는 데 도움을 받을 수 있다고 한다(R. Gerard "푸른 빛깔의 정신 생리학적 효능"). 하늘과 강, 산과 들이 푸르름으로 몸부림치는, 드디어 신록의 사월이다.

손 소독제 남용

　추수를 끝낸 들판에는 어느덧 적막감이 흐르고, 가을의 속박에서 벗어난 낙엽들이 버스럭거리며 말라간다. 어느새 독감철(Flu season)이다. 계절이 말라갈 때 독감이 유행해서 이맘때를 독감철이라 부른다.

　독감바이러스는 코로나19와 마찬가지로 공기 중 비말을 통한 전파도 중요하지만, 오염된 물질과의 접촉을 통한 전파가 더 중요하다. 실험 결과 금속 손잡이에 묻은 바이러스가 손과의 접촉을 통해 약 4시간이 지나자 건물 전체로 퍼져나갔고, 절반 이상의 직원이 감염되었다. 접촉을 통해 묻은 바이러스는 보통 사흘까지 활성을 띠지만, 콧물을 통해서 달라붙으면 2주일 반 동안도 생존할 수 있다. 독감은 예방접종이 가장 효과적인 대책이지만, 보다 근본적인 대책은 바이러스가 내 몸 안으로 침투하는 것을 애초에 차단하는 것이다. 손 씻기가 중요한 대목이 아닐 수 없다. 그러나 살균소독제를 필요 이상으로 남용하는 것이 문제다. 살균소독제는 항생제와 마찬가지로 나쁜 세균뿐만 아니라 좋은 세균도 죽인다. 손세정제나 살균비누도 마찬가지다. 2016년 미국식품의약청(FDA)은 이들이 장기적으로 안전하다는 것을 입증하지 못했다는 이유로 살균비누에 흔히 들어가던 성분 19가지를 금지했다(빌 브라이슨, 《바디: 우리 몸 안내서》, 까치글방, 2020).

사람들의 피부에는 1제곱센티미터(1cm2)당 약 200종류의 미생물이 10만 마리나 살고 있다. 건강한 사람의 폐도 평균적으로 174종의 바이러스를 품고 있다(샌디에고 주립대, 대너 윌러). 이들은 우리 몸의 일부가 되어 외부 병원체의 침입을 방어한다. 뿐만 아니라, 이들이 지닌 몇 종류의 유전자는 이미 우리 몸의 유전자에 편입되어 우리 몸에 유리하게 작용하고 있다(김홍표의 크리스퍼 혁명, 동아시아, 2017).

손 소독제를 필요 이상으로 사용하면 우리 몸에 이로운 이들 미생물에 악영향을 미치고, 내성을 지닌 병균체가 등장할 수도 있다. 손 세정제나 살균소독제는 시술을 앞둔 의사들이나, 다중시설 출입 등의 특수한 목적 외에는 제한하는 것이 좋다. 집과 사무실에서는 물과 비누로 30초 이상 자주 씻는 것만으로도 충분하다는 것이 전문가들의 공통된 견해다.

흐르는 강물처럼

어느덧 한 해가 저물어간다. 시간은 아득히 강물처럼 흘렀다. 굽이굽이칠 때마다 세포는 일어나 분열했고 분열할 때마다 돋아난 속살 사이로 한겨울 햇살이 스며든다. 강물처럼 흘러온 삶, 이제 어느 골짜기 어디쯤 와 있는 것일까.

우리 삶의 내용과 모습을 결정하는 것은 타고난 유전자에 의해 결정되는 것이 아니다. 생물학적 발달의 첫걸음들은 유전자에 고정된 프로그램을 따르지만, 생물이 여러 세포로 이루어진 이후에는 자신의 유전적 요소들 외에 외부의 자극들도 각 세포의 종류와 모습을 결정한다(1905~1975, Conrad Hal Waddington). 매 끼니마다 먹는 음식, 스트레스, 담배, 학습, 사랑과 고통, 기타 많은 것들이 삶의 내용과 모습을 결정하는 것이다. 더구나 민감한 시기에는 그리

스스로를 지키는 힘

크지 않은 사건들이 모여도 우리를 다른 '삶의 골짜기'로 이동시킬 수 있다(페터 슈포르크, 《인간은 유전자를 어떻게 조종할 수 있을까》, 갈매나무, 2014).

생활방식이 달라지면 몸에서 만들어내는 단백질마저 달라진다. 마침내 스스로를 변화시킨다. 과학(후성유전학)은 이점에 대해 확실한 근거를 제시한다. 변화를 유발하는 것은 보통 아주 미세한 요인이다. 과학은 이러한 후성적 조작을 통해 꿀벌 유충을 여왕벌로 만들어냈다. 건강하고 장수하는 삶, 매력적인 인격의 잠재인자는 대부분 유전자 속에 담겨 있지만 그것을 불러내는 것은 각자의 몫이다.

나이가 들수록 골짜기는 점점 깊어져 한 상태에서 다른 상태로 옮기는 것이 더 힘들어진다. 그러나 우리의 몸에서는 여전히 창조가 진행되고 있음을 잊어서는 안 된다. 흐르는 강물처럼 또 한 해가 저물어간다.

공짜 백신

　A형간염 환자가 급격하게 증가하고 있어 의료계는 물론 방역당국의 비상한 관심이 모이고 있다. 질병관리본부에 따르면 올해 1월부터 4월까지만 해도 A형간염 환자가 작년 같은 기간대비 2배 이상 증가했다고 한다. A형간염은 유, 소아기 때는 무증상이거나 가벼운 감기처럼 지나가지만 30~40대에서 나타나는 A형간염은 심한 증상을 동반하며 드물게는 생명을 위협하는 급성 전격성 간염으로 진행되기도 한다. 발열, 식욕부진, 심한 피로감, 황달 등이 대표적인 증상이다.

　70년대 이전 세대들은 A형간염 항체를 지니고 있어 걱정할 것이 없지만 이후 세대들이 문제다. 이유는 A형간염은 바이러스에 오염된 물이나 음식으로 전파되는 대표적인 후진국형 질환이다 보니

　　　　　　　　　　　　　　　　스스로를 지키는 힘

위생상태가 급격히 개선된 70년대 이후 세대들은 유, 소아기 때 감염의 기회를 잃어버린 반면, 위생상태가 열악했던 70년대 이전 세대들은 감기처럼 가볍게 A형간염을 경험하면서 저절로 항체를 습득했기 때문이다. 즉 자신도 모르게 '공짜 백신'을 맞은 셈이다.

2004년 미생물학자 '그레이엄 룩'은 건강한 면역계는 인류가 수렵채집인이었던 시절부터 함께했던 병원체들에 노출됨으로써 확보되는 것이라고 주장했다. 미국의 유명한 의학사상가인 '샤론 모알렘'은 "사람이란, 아파야 산다."라고 했다. 아픔의 역설이다. 1989년 면역학자 데이비드 스트라칸은 아이에게 손위 형제자매가 있는 것, 대가족과 함께 사는 것, 과도하게 위생적이지 않은 환경에서 사는 것이 천식과 알레르기를 발달시키지 않는 데 도움이 될지 모른다는 가설을 제안했다. 이후에 진행된 수많은 연구결과들도 이 가설을 지지하고 있다.

우리가 만날 수 있는 병원체들은 이루 헤아릴 수 없을 정도로 많다. 우리는 이들과의 크고 작은 접촉을 통해 면역을 획득한다. 노출되지 않으면 면역은 획득되지 않는다. 면역을 획득함으로써 병원체의 정보를 전달하는 세포, 병원체를 기억하는 세포, 항체를 만드는 세포가 생겨난다. 운 좋게(?) 지금까지 A형간염에 노출되지 않았다면 백신접종을 서두르는 것이 좋다. 아직 만나지 못한 병원체들을 인공적인 조작으로 만나게 해주는 것이 백신이다.

건강보조제 유감

　최근 미국 의료계는 '유방암 치료 중에 복용한 건강보조제가 유방암의 재발과 사망을 1.4배 이상 증가시켰다'는 연구 결과를 발표했다(J of Clinical Oncology, 2019.12.19). 유방암 초기 환자 1,134명을 대상으로 무려 6년간 추적 조사한 연구다. 이들이 복용한 건강보조제는 국내에서도 널리 시판되고 있는 비타민A, C, E, 카로티노이드, 코큐텐(coQ10) 등의 항산화제다.

　건강보조제에 대한 관념은 개인적인 것에서 어느덧 사회공동의 것이 되었다. 하지만 과학은 여지없이 관념을 타파한다. 관념에 매몰되어 모순을 성찰하지 못하면 인식은 달라지지 않는다(알프레드 아들러, 《삶의 의미》, 부글북스, 2017).

　암 환자를 비롯한 만성질환자나 노약자에서 특정물질의 합성이 줄어드는 것은 엄연한 과학적 사실이다. 당뇨병 환자에서 코큐텐의

　　　　　　　　　　　스스로를 지키는 힘

감소도 그러하다. 그러므로 이것을 복용하면 당뇨병에 좋을 것이라는 생각은 일면 타당하다. 그러나 이는 어디까지나 관념일 뿐 과학적 사실은 이와 다르다. 관념이 정당하다면 치료 중인 유방암 환자에게도 건강보조제의 효과는 더욱 분명하게 나타나야 한다. 결과는 정반대였다. 이번 연구에 참가한 학자들은 건강에 필요한 여러 영양학적 요소들을 반드시 음식을 통해 해결할 것을 권고한다.

음식이 건강과 연결될 때마다 필자의 의식 속에는 항상 어머니의 밥상이 솟구친다. 우리 어머니는 늘 우리에게 '밥만 한 보약이 없다'고 했다. 문맹에 가까운 학식을 지녔지만 건강을 지키는 섭생학적인 정당한 방법을 알았던 것이다. 그것은 단순한 앎이 아니라 스스로 가르치고 일깨운 깨달음의 결과였을 것이다. 가난했던 어머니의 밥상은 질감은 투박했고 색은 단조로웠으나 맛은 단정하면서도 깊었다. 그 맛은 삶의 고난을 이겨내는 힘이 되기도 했다.

이번 연구의 결과는 건강보조제에 대한 사회적 관용의 범위를 넘어 심각한 문제를 제기하고 있다. 이번 연구가 약에 대한 것이었다면 그 약은 벌써 퇴출되었을 것이다. 그럼에도 건강보조제의 과학의 형식을 빌린 꾸밈과 과장, 선전과 불의(不義)는 사정없이 국민의 관념을 파고든다. 국가가 이를 성찰하지 못하면 대가는 국민이 치러야 한다. 국가 차원의 추가적인 연구가 시급히 요망된다.

봄은 아직 멀었는가

봄에 대한 자각은 정서적 반응의 결과다. 이 반응은 새싹이 움트고 먼 산의 울림이 가까워질 때 생겨난다. 울림은 사물이 몸을 떨 때 생기는 공기의 파동이 우리의 몸속으로 전해진 것인데, 울림의 속도는 기온에 비례하여 봄이 되면 더욱 빨라진다. 먼 산의 새 울음소리가 봄에 더욱 가까이서 들리는 것도 이 때문이다. 입춘이 지났어도 봄을 자각하지 못하는 것은 절기상의 봄이 한겨울에 시작되어 우리들의 정서적 반응을 매개하지 못하기 때문이다(春來不似春).

최근 국립정신건강센터는 '2019년 국민 건강지식 및 태도조사 결과보고서'를 공개했다. 눈길을 끄는 것은 우울증을 포함하여 정신건강문제를 5가지 이상 경험한 고위험군이 무려 20.4%에 달했

스스로를 지키는 힘

다. 국민 5명당 1명꼴이다. 수일간 지속되는 우울감과 불안, 생활에 불편을 줄 정도의 기분변화, 자제할 수 없는 분노표출 등의 순이었고, 불안과 분노는 전년 대비 2% 이상 증가했다.

사회적 갈등과 국민정신건강의 관계는 밀접하다. 작년 한 해 진영은 끊임없이 충돌했고 갈등은 치열했다. 분노는 증폭되었고 불안은 확산됐다. 논리는 주장하고 설득하고 조작하는 수단일 뿐, 진리를 찾는 수단이 아니었음(Hugo Mercier and Dan Sperber)을 이미 우리는 알아차렸다. 이제는 신종 역병까지 더해져 불안하고 우울하다. 우왕좌왕 초동대처와 중국의 눈치 보기는 불안과 분노에 한 점을 더한다. 사람이 길(道)을 버리면 길 또한 사람을 버린다고 했다. 길은 아무리 어려워도 버릴 수 없는 희망이다. 버리지 않는 한 스스로 길이 되어 걸어간다(정호승, 〈희망의 그림자〉).

봄은 아직 멀었는가. 입춘이 지났는데 역병의 소식만 가득하다. 그러나 기어이 봄은 올 것이다. 기어코 봄은 오는데 다가오는 봄은 물러가는 계절과 다투지 않는다. 서로서로 이끌고 당기면서 그렇게 봄은 올 것이다. 정의의 심성을 허물고 공정의 대안을 더럽히는 불의(不義) 앞에 봄은 아득한 희망이지만 희망은 늘 가까운 곳에 있어 슬픔을 쓰다듬는다. 매화가 피어나기 시작했다. 매화는 툭 툭 별처럼 돋아나 별처럼 반짝인다. 봄은 기어코 올 것이지만 기다리는 마음은 아득한 향기처럼 멀기만 하다.

건강의 법칙

대지는 부풀기 시작했다. 산등성이는 부푼 만큼 가까워졌고 들판에는 어느덧 푸른빛이 돈다. 땅이 부풀면 대지는 향기를 풍기는데, 이것은 흙 속의 미세입자와 봄 햇살이 만나서 발생한 휘발성 물질이 우리 코에 전해진 것이다. 봄의 모든 향기가 그렇듯 대지의 향기 또한 겨울을 견디면서 만들어진 것이다. 겨울을 견딘 햇살 같은 흙내음이 마른나무에 닿으면 이때부터 마른나무 가지에도 새잎의 눈이 움트기 시작한다. 봄이 되니 새잎이 돋는다는 것은 하나의 현상일 뿐 그것의 온전한 설명이 될 수 없다. 사람의 몸에 혈관이 있듯 나무에는 물관이 있고, 나무가 냄새에 반응하여 움을 트는 것은 나무에도 의식이 있기 때문이다.

최근 미국 미시간주립대와 하버드공중보건대 공동연구팀은

스스로를 지키는 힘

4457쌍의 부부를 최대 8년간 추적 조사한 결과 긍정적인 성격의 배우자가 있는 사람은 그렇지 않은 사람보다 치매 위험이 줄어든다는 연구결과를 발표했다. 연구자들은 '배우자의 긍정적인 사고방식과 건강한 생활습관이 상대에게 영향을 미쳤기 때문'인 것으로 설명했다.

우리는 제 살갗으로부터보다 그 너머에 있는 것들로부터 더 많이 보호받는다. 특정 개인이 바이러스성 특정 질병의 면역획득에 실패했다 하더라도 '나' 이외의 충분히 많은 사람이 면역을 획득했다면 '나' 또한 도움을 받는다. 이는 바이러스가 사람에게로 이동이 불가능해져 결국 소멸하기 때문인데, 정확히 그 역도 성립한다. 이렇듯 건강은 거의 절대적으로 상호의존적이다. 인간 이외의 다른 생명체들과의 관계도 마찬가지다.

우리는 수많은 박테리아, 벌레, 균류 등 수천 가지 생명체와 함께 살고 있고 일부는 우리 몸속에 있다. 소화기관만 해도 음식물의 소화를 돕는 수백만 마리의 박테리아로 가득 차 있다. 우리 몸속 세포와 이들은 상호 생존과 번식을 목표로 서로서로 의지한다. 건강한 이것들로부터 고립되면 나 또한 건강해질 수 없다. 인간의 '혼자가 되는 것'에 대한 두려움은 아마도 생존을 위해 존재하는 본능적 감각 때문일 것이다.

건강은 개별적임과 동시에 상호의존적이다. 이것이 건강해야 저것이 건강하고, 내가 건강해야 나의 가족도 건강해진다. 봄은 건강한 이것으로부터 건강한 저것이 생겨나는 계절이다.

스스로를 지키는 힘

봄나물 예찬

언덕은 어느새 파릇한 윤기로 반짝인다. 몽글진 두릅 새순이 고개를 내밀었고 햇살 소복한 앞마당 엄나무 가지에도 물기가 돈다. 이맘때가 되면 우리는 어김없이 봄나물의 맛과 향을 기억해낸다. 먹을 수 있는 나무의 잎과 풀이 나물(菜)인데, 음식의 맛과 향이 우리를 기분 좋게 해주는 이유는 우리 몸에 필요한 영양소가 함유된 음식에 우리를 끌리게 하기 위해서다. 봄나물을 기억하고 그 쌉싸래한 맛과 향에 끌리는 것도 같은 이유에서다.

2005년에 발표된 런던 유니버시티 칼리지와 듀크대 메디컬 센터 독일 인간 영양연구소의 공동 연구에서는 인간이 쓴맛을 느낄 수 있도록 진화한 이유가 식물에 함유된 독성을 인식함으로써 그런 식물을 먹지 않도록 하기 위해서라는 결론을 내렸다. 하지만 이 논

문은 흥미롭게도 그것이 오늘날에는 그다지 이롭지 않을지도 모른다고 설명했다. 쓴맛이 느껴지는 화합물이라고 다 독성이 있는 것은 아니다. 항암 성분이 있는 브로콜리 내 일부 화합물도 쓴맛이 나는 알카로이드이다. 쓴맛에 너무 예민하게 반응할 경우 독성을 피하는 대신 몸에 좋은 음식을 멀리하는 셈이기 때문이다(빌 브라이슨, 《바디: 우리 몸 안내서》, 까치글방, 2020).

결핍이 차면 절실해진다. 내면의 유전자는 결핍을 욕구로 전환시킨다. 욕구를 충족시키는 것들의 냄새는 향기롭고 맛은 달다. 우리가 음식을 달게 먹었다는 것은 그 맛이 달아서(sweet)가 아니라, 우리 몸이 필요한 것을 먹었을 느끼는 흡족한 감정을 그렇게 표현한 것이다. 뼈에 사무치는 추위가 매화의 향기를 만들어내듯 봄나물의 향기 또한 마찬가지다. 향이 강할수록 쓴맛은 강해지는데, 그럼에도 이들의 맛과 향에 끌리는 것은 이들이 지닌 화학적 성분을 우리 몸이 절실히 원하고 있기 때문이다. 재배된 것일지라도 봄나물의 근본은 변하지 않는다.

가득한 고난과 야생의 빈곤 속에서도 푸르게 빛나는 풀과 잎이 봄나물인데, 이것들이 내 몸에 들어왔을 때 비로소 몸 안의 봄이 시작된다. 봄나물의 맛과 향이 내면의 곤(困)함을 깨우는 것은 이 때문이다. 약식동원(藥食同源)이라고 했다. 약과 음식의 근원이 같다면 제철 야생의 봄나물이야말로 우리 몸이 절실히 원하는 약이 아닐까.

스스로를 지키는 힘

새해 아침에

스러져 멸(滅)한 겨울 들판, 일월의 경과에 따른 자연현상으로는 새로운 시작의 단서는 지각되지 않는다. 그럼에도 새로운 시작을 자각하는 것은 순전히 달력(calendar)에 인쇄된 1이라는 숫자 덕분이다. 스러짐(滅)은 끝이 아니라 시작이었음을 새해가 되어서야 비로소 겨울 들판을 바라보며 알게 되는 것이다.

시작과 끝의 경계는 나의 사고와 관념이 만들어 낸 환상일 뿐 실재하는 모든 것은 경계로부터 자유롭다. 그러나 이는 쉽게 체험되지 않는다. 어둠과 밝음, 시작과 끝, 대극을 구분 짓는 선(線)이 실재한다고 생각하기 때문이다. 그러나 경계의 선들은 나누기도 하지만 동시에 양극을 합친다. 경계의 선상에서 물과 땅이 만나고 빛과 어둠이 만난다(켄 윌버, 《무경계》, 정신세계사, 2019).

새해 동방의 아침을 밝히는 빛은 어둠을 타고 바다를 넘어왔다. 경계의 선은 붉었다. 일출의 동해 바다가 붉은 빛으로 다가오는 것도, 일몰의 황혼이 온통 붉게 물드는 것도 빛과 어둠을 연결하는 경계선이 붉기 때문이다.

개념과 사유가 사라진 어둠의 저편에서 빛이 다가오면 사물의 경계는 다시 살아난다. 경계의 선상에서 실루엣은 점차 뚜렷해져 이것과 저것이 구분된다. 개념과 사유, 나의 자의식이 만들어낸 환상이다. 내가 달라져야 세상이 달라지는 것이지만 내가 달라지지 않았으니 세상이 달라질 리 없다(피터 러셀, 《과학에서 신으로》, 북 하우스, 2017). 나는 다시 경계에 갇혀 허둥거린다. 제행무상(諸行無常), 제법무아(諸法無我)의 양자론(量子論)적 세계관은 바랄 수 없는 그저 무망(無望)한 꿈이었던 것이다.

올해도 태양은 동에서 떠올랐다. 태양의 서쪽에서 지구가 떠오르는 것임에도 이것은 쉽게 체험되지 않는다. 마음이 작동하는 방식이 바뀌지 않기 때문이다. 경계가 사라질 리 없고 세상이 달라질 리 없다. 나는 다시 경계에 갇혀 스스로 번뇌를 만들어낸다.

세월이 흘러 성장할수록 나무는 나이테의 경계를 확장한다. 성장(growth)이란 경계를 허물어 외연의 폭과 깊이를 확장시키는 것임을 나무를 통해 알게 된다. 무경계의 경지는 무망한 꿈일지라도 경계의 확장은 새해 아침에 소망하는 우리들의 유망한 희망이다.

매일 조금씩

초록은 짙어져 성하(盛夏)의 계절, 들판은 온통 짙어진 초록의 검푸름으로 출렁거린다. 잎들의 초록이 짙어지는 이유는 가을이 그리워서가 아니다. 쏟아지는 빛의 입자가 점점 버겁기 때문이다.

식물은 색깔을 바꿈으로써 살갗을 통과하는 빛의 입자를 조절한다. 사람도 마찬가지다. 시신경을 통해 빛의 정보가 뇌에 전달되면 뇌는 피부 색소를 만드는 세포를 작동시킨다. 빛이 강하면 색깔이 진해지고 약하면 연해진다. 예외 없이 적용되는 '작용과 반작용의 법칙'이다.

햇빛이 피부를 통과하면 피부에서는 비타민D가 합성되고, 시신경을 통해 뇌에 전달되면 밤엔 저절로 수면 유도물질(멜라토닌)이 분비된다. 불면증은 아침에 시작된다는 말이 있다. 이 말은 아침에 햇빛을 보지 못하면 밤에 멜라토닌 분비가 원활해지지 못하기 때문이다.

　조상들이 어떤 환경에서 적응해왔는지, 현재 우리는 어떻게 살고 있는지는 건강의 중요한 요인이다. 같은 아프리카계 미국인(흑인)일지라도 햇볕이 부족한 경우 심장병 발병률이 높아진다. 반대로 햇볕이 충분한 경우 전립선암이 줄어든다. 우리는 농경민족의 후손이며 우리 조상들은 여름에는 강한 햇볕 아래에서 적응해왔다. 그러나 지금의 우리는 지나치리만큼 햇볕을 두려워한다.

　햇볕이 잘 드는 회복실의 환자는 통증이 줄어든다(J. M. Walch, 2005). 우울증에도 처방약만큼 효과적이다(N. Rosenthal, 1984). 겨울철에 자주 아픈 이유가 햇볕노출의 부족일 수 있다는 주장은 충분히 설득력을 지닌다. 물론 햇볕의 이중적인 영향은 무시할 수 없다. 민감한 피부를 지닌 이들에게는 알레르기를 유발할 수도 있고, 햇볕이 부족한 지역에서 진화해온 백인계인종의 경우 피부암이 생길 수도 있다. 그러나 이것을 고스란히 우리 모두에게 적용하는 것은 지나친 일반화의 오류다.

　초록이 짙어져 강성해진 잎들은 태양 빛에 자유로운데 우리의 피부는 옅어져만 간다. 우리는 햇볕의 위험한 면은 알았지만 햇볕 없이는 진화하지 못했다는 사실을 까맣게 잊었다(노먼 도이지, 《스스

　　　　　　　　　　　　　　　　　스스로를 지키는 힘

로 치유하는 뇌》, 동아시아, 2018). 햇볕은 이미 기피대상이 되었다. 스탠
퍼드 대학의 세계적인 수면 연구가인 니시노 세이지는 매일 조금씩
단 몇 분만이어도 '햇볕을 쏘이라'고 권유한다.

퀘렌시아

'나는 자연인이다'라는 TV 프로그램이 인기다. 아마도 생활고에 시달리다 마음과 육체의 병을 얻은 이들이 자연 속에서 스스로를 치유하며 자연과 함께 살아가는 행복한 모습이 시청자들의 공감을 얻었기 때문일 것이다.

스스로를 치유하고 온전해질 수 있는 곳, 안전하고 평화로운 자신만의 영역, 이곳을 스페인어로는 '퀘렌시아'라고 한다. 동물도 다치거나 지치면 자신만의 퀘렌시아를 찾는다고 한다. 강호에 병이 깊어 송강 정철이 누웠던 죽림(竹林)은 송강의 '퀘렌시아'다.

푸르고 울창한 녹음 속에 사는 것은 그러지 않는 사람보다 3배 이상 건강하고 비만을 포함한 만성질환을 40%까지 감소시킨다는

스스로를 지키는 힘

것이 최근 의학계의 보고다. 생태계 건전성을 포함한 자연환경이
행복지수는 물론이고 건강에 지대한 영향을 미친다는 사실은 이미
많은 근거를 확보하고 있다. 울울창창(鬱鬱蒼蒼)한 자연환경이 바로
스스로를 치유하고 온전해질 수 있는 가장 좋은 '퀘렌시아'인 것이
다.

 '퀘렌시아'가 가능한 것은 '모든 것은 다른 모든 것과 서로 연관
되어 있다'는 생태학의 기본원리 때문이다. 양자 물리학자인 데이
비드 봄은 모든 입자는 아무리 떨어져 있어도 서로 얽힘 상태에 있
다(비 국소성의 원리, non-locality principle)고 했다. 미시세계에서 일어
나는 이러한 현상은 거시적 물질세계에서도 똑같이 적용되는데 이
를 '거시적 양자 현상'이라고 한다.

 특히 자연과 인간은 섬세하게 연결되어 있다. 체로키 인디언들
은 살다가 고난이 닥치거나 힘들면 숲속으로 자신이 정해둔 나무
를 찾아가 교감의 시간을 가진다. 만지고, 껴안고, 기대면서 한나절
씩 나무와 지낸다고 한다. 이미 그들은 스스로를 치유하고 온전해
지는 법을 알았던 것이다.

 동양의 사상 역시 자연과 인간은 서로 어우러져야지만 공존할
수 있는 불가분의 관계임을 강조한다. 자연은 영원한 우리들의 '퀘
렌시아'다. 자연의 품속은 우리를 고요함으로 이끌고 스스로의 치

료를 가능하게 해준다. 지금 사방은 울울창창 녹음(綠陰)으로 가득
하다.

항상심(恒常心)

　외부환경은 수시로 변하지만 생명체는 항상 일정한 내적환경을 유지하고 있는데 이를 항상성(恒常性)이라고 한다. 항상성을 상실한 개체는 안정적인 생명현상을 유지할 수 없다. 우리 인체에는 나의 마음, 특히 감정과 무관한 객관적인 현상은 일어나지 않는다. 그러므로 항상성 유지에 있어 가장 중요한 요소는 잘 조절된 인간의 감정(恒常心)이다. 감정은 자연스러운 것이며 생존을 향한 필요조건이기도 하다. 그러나 잘 조절되지 않은 감정만큼 위험한 것이 없다.

　감정은 자극으로부터 분비된 내인성 분비물질의 지배를 받는다. 생명체는 자극과 분비의 역동적 반응으로부터 자유로울 수 없다.

긍정적인 자극에는 긍정적인, 부정적인 자극(stressor)에는 부정적인 물질이 분비된다. 일단 분출되었다면 어쩔 도리가 없다. 부정적인 감정이 생겨나고 호흡이 빨라지는 이유는 부정적인 작용을 하는 물질이 분비되었기 때문이다. 사전에 틀어막는 게 가장 좋겠지만 이는 거의 인간의 영역 밖이다.

그러나 다행스럽게도 분비된 물질을 보다 빨리 제거하는 것은 약물이나 기타의 도움 없이도 가능하다. 반대 작용을 하는 물질을 분비시켜 이를 중화시키는 것이다. 가장 쉬운 방법 하나를 소개하면 우선 숨을 깊게 들이쉰 후 최대한 참는 것이다. 이렇게 하면 횡격막이 이완되면서 반대작용을 하는 물질이 분비된다.

깊은 호흡과 명상, 운동이나 율동도 비슷한 이치로 우리 몸에 분비된 부정적인 분비물질을 중화시킨다. 이들이 부정적 분비물질을 소멸시키는 의학적 메커니즘은 이미 오래전에 밝혀진 것이다.

인도의 시성 타고르는 고통의 소멸을 구하지 않고 고통을 극복하는 마음을 얻고자 기도했다고 한다. 타고르가 얻고자 했던 것이 바로 항상심이다. 우리가 가지고 있지 않은 것에 의존하면 우리는 모두 환자가 되고 만다.

항상심을 유지할 때 생겨나는 고요함과 평화로움은 노벨 물리학자 에르빈 슈레딩거가 말했듯이 음의 엔트로피로 작용하여 우리를 죽음으로부터 멀리 떨어지게 한다.

스스로를 지키는 힘

가을 양광(2)

어느새 가을은 쌀쌀함을 품었다. 덩이덩이 피어나 노변(路邊)을 밝히던 백일홍 꽃잎들은 피었던 자리마다 토실한 열매만 맺어둔 채 하나둘 자취를 감추었고, 처량하게 녹슨 잎들만이 만추(晚秋)의 햇살을 향해 몸을 비튼다. 코스모스 철없이 여린 꽃잎들도 곧 겨울을 예감한 듯 늦가을 햇살을 쫓느라 여념이 없다.

식물들은 빛을 이용해 에너지(포도당)를 합성한다. 하지만 인간의 신체와 빛의 관계는 이보다 훨씬 더 근본적이다. 얇은 막에 둘러싸인 세포 속 미토콘드리아는 빛에 민감한 분자들로 가득하다. 빛의 입자가 피부를 통해 들어와 이들과 접촉하면 세포 내에서 에너지의 생산과 저장과정이 촉진된다. 이렇게 생산된 에너지를 바탕으로 세포는 스스로의 고유한 기능을 유지한다. 뿐만 아니라 수많은 유전자가 빛에 의해 발현되어 생명활동에 필요한 물질을 만들어낸다. 피부와 눈이 노랗게 되는 신생아 황달은 제2차 세계대전 당시 영국의 한 병원에서 햇볕에 노출된 아기의 배 부위가 더 이상 노랗지 않음을 발견한 것이 치료의 시초다. 덴마크 의사 핀센(Niels R. Finsen)은 현대에 선구적으로 광선치료를 도입한 공로로 노벨상을 수상했다. 우리 조상들은 훨씬 이전부터 햇볕이 건강에 유익함을 알고 있었다. 그래서 아기가 한 칠이 지나면 이때부터 햇볕을 쬐어 주었다. 이것이 잊힌 것이다. 비타민D는 햇볕을 통해 합성되는 것이 질적인 면에서 최고다. 이렇게 합성된 비타민D는 각종 암을 예방하고 50가지 이상의 건강에 유익한 유전자를 발현시킨다. 2014년 미국 MIT 연구팀은 빛을 이용해 쥐의 잃었던 기억을 되살리는 데 성공했고, 마찬가지로 2016년 국내 연구진이 쥐의 실험에서 치매유발물질을 제거하는 데 성공했다. 어둠은 병의 원인이다.

인간은 지구의 역사만큼이나 장구한 세월을 빛과 함께 진화해 왔다. 인간과 빛의 관계는 우리가 상상하는 이상으로 넓고도 깊다. 가을양광이 선사하는 풍성한 색채와 빛의 입자는 뇌의 회로를 새롭게 배선함으로써 스스로의 치유를 돕는다. 자연광은 우울증 환자를 회복시키기도 한다. 겨울이 문턱이다. 한낮의 자외선은 피하라지만 만추의 양광은 예외다. 이틀만 더 남국의 따뜻한 햇볕을 소망했던 릴케의 기도만큼이나 절실한 만추의 양광(陽光)이다.

스스로를 지키는 힘

일주리듬(circadian rhythm)

기나긴 겨울의 시작이다. 겨울이면 많은 생명체가 겨울잠(冬眠)을 잔다. 깊게 쌓인 낙엽을 이불 삼아 산은 이미 깊은 잠에 빠졌고, 이별이 싫어 말라 버린 잎들을 붙든 채 신음하던 잡목들도 이제는 모두 편안히 잠들었다. 자연의 충직한 순환에 몸을 맡긴 겨울나목, 잎 져버려 휑한 공간 사이로 하루해가 저문다.

'나뭇잎은 이 땅의 리듬에서 눈을 뜨고 눈을 감는다. 별들의 운행과 나뭇잎의 파동은 같은 질서에서 움직이고 있음을 우리는 안다. 하나의 나뭇잎이 움직일 때 우리들의 마음도 흔들린다.'

《하나의 나뭇잎이 흔들릴 때》, 이어령)

모든 생명체는 생체리듬을 통해 잠들고 깨어난다. 동물뿐만 아니라 식물도 생체시계를 갖고 있어 하루의 변화에 대응하여 생리 작용을 준비하는 데 도움을 받는다. 이런 규칙적인 적응을 일주리듬(circadian rhythm)이라고 한다. 이 땅의 리듬과 일주리듬의 만성적인 불일치는 다양한 질병의 발생위험을 증가시킨다.

생체시계(일주리듬)는 단순히 시간을 알려주는 것 이상이다. 생체시계는 하루 동안 인체 주요 기관들의 작동과 휴식을 제어한다. 시계이면서 동시에 지휘자다. 우리는 생체시계를 통해 잠든다. 잠을 통해 손상된 조직을 스스로 복구하며 새로운 세포를 생성시키기도 한다. 활동 시에 쌓인 노폐물의 제거도 대부분 수면 중에 일어난다. 깨어 있는 낮 시간에도 노폐물 제거는 일어나지만 그것만으로 쌓이는 속도를 따라잡을 수 없다. 치매에 걸릴 위험이 큰 유전자를 가진 쥐의 수면을 제한하자 치매 원인 물질 중 하나인 베타 아밀로이드가 쉽게 쌓였다(사이언스). 이 땅의 리듬에 일치시킨 우리의 생체시계는 수면에 대한 욕구뿐만이 아니라 호르몬을 조정하여 식욕, 갈증, 성욕에 대한 욕구의 오르내림도 규제한다.

2017년 노벨생리의학상은 24시간 단위의 생물학적 리듬(일주리듬, circadian rhythm)을 조절하는 '주기 유전자'(period gene)를 분리하여 생체시계의 비밀을 밝혀낸 미국의 과학자 3명에게 돌아갔다. 이들의 연구 성과는 인간이 어떻게 생체리듬을 조정해 지구의 회전과

스스로를 지키는 힘

일치시키는지를 설명한다. 겨울은 생체리듬상 많은 잠(睡眠)이 요구
되는 계절이다.

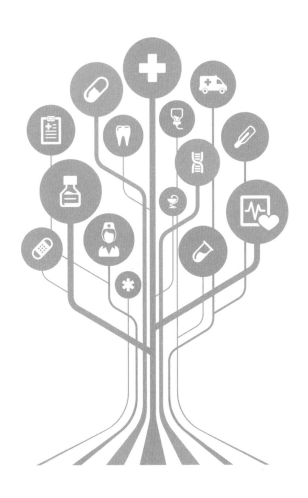

오디세우스의 계약

기해(己亥)년 새해가 밝았다. 한 치의 어긋남도 허용치 않는 태양의 충직한 순환, 그 순환을 바라보며 우리는 높은 하늘의 힘을 깨닫는다. 그래서 새해 첫 일출(日出)의 장엄한 공간 속에는 크고 작은 다짐과 소망(願)이 넘쳐난다. 소망은 설렘으로, 설렘은 적응의 과정을 거치며 우리의 삶을 더 아름답게 펼칠 것이고, 자기통제를 향한 굳은 다짐은 보다 나은 공간 속으로 우리를 인도할 것이다.

소망과 다짐의 성공 여부는 최적의 결정과 그에 따른 실천이다. 일반적으로 우리는 우리 자신을 최적의 결정을 내리는 합리적 결정자로 여긴다. 하지만 그것은 착각이다. 우리가 내린 대부분의 결정은 저절로 작동하는 시스템(직관)이 주관한다. 그러므로 사고와 행동이 즉흥적이며 반사적이다. 오류가 넘쳐난다. 즉각적 만족의

스스로를 지키는 힘

유혹(감정)과 자기통제(이성)는 패권을 놓고 싸우지만 대부분 유혹의 승리로 끝난다. 그럼에도 우리는 여전히 직관을 확신하고 신뢰한다.

그리스 신화에 나오는 이야기다. 아름답지만 치명적인 목소리의 매력을 가진 요정 세이렌들은 절벽과 암초들로 둘러싸인 섬에 살면서 끊임없이 지나가는 선원들을 유혹한다. 이들의 목소리를 들은 선원들은 가까이 다가가다가 배가 난파되거나 스스로 물에 뛰어들어 죽음에 이른다. 트로이 전쟁에서 승리하고 귀향하는 전설의 영웅 오디세우스는 긴 여로의 어느 지점에서 자신의 배가 곧 이곳을 지난다는 것을 알게 된다. 문제는 현재의 합리적인 오디세우스가 세이렌의 노래가 들려오기 시작하면 비합리적인 오디세우스가 될 터였다. 현명한 오디세우스는 이 점을 분명히 알고 부하들에게 자신을 돛대에 단단히 묶을 것을 명령함과 동시에 부하들은 세이렌의 노래가 들리지 않게 귀를 막은 채 오디세우스의 애원과 몸부림을 깡그리 무시하고 노를 저어야 한다고 엄히 명령한다. 지금 정신이 멀쩡한 오디세우스가 미리 계획을 짜서 그릇된 행동을 할 수 없게 만든 것이다. 이렇게 현재의 자아와 미래의 자아가 미리 합의를 하는 것을 '오디세우스의 계약'이라고 한다. 임의의 개인이 다음 순간 무엇을 할지 정확히 예측하기는 불가능에 가깝다. 크고 작은 다짐이 넘쳐나는 희망찬 새해다. 새해 몇몇 치명적인 다짐에는 오디세우스의 계약이 필요하지도 않을까.

E 증후군

'영화를 보다가 그가 울고 있다. 그도 울면서 힐끗 그들을 보고 있다. 그가 그들인지 그 옆의 그가 우는 것인지 잘 가늠되지 않는다. 상영 중인 영상 어디쯤 슬픔이 스며들었을까. 급기야 그는 고개를 숙이고 흐느낀다.'(《증식》, 권주열)

감정은 개념을 바탕으로 생겨난다. 꽃에 대한 개념이 없으면 꽃에 대한 감정도 없다. 우리는 비슷한 환경에서 나고 자랐으므로 대부분의 개념을 공유한다. 그러므로 생겨나는 감정 또한 보편적이다. 이것이 '공감'(共感, empathy)의 토대다. 아파하는 누군가를 바라보는 순간 나의 뇌는 타인의 상황을 나의 상황으로 시뮬레이션한다. 공감활성의 불가항력적 메커니즘이다. 이를 통해 타인의 감정을 읽어내고 타인과 소통한다. 이는 생존을 향한 진화적 산물이며

스스로를 지키는 힘

생존의 필수 전략이기도 하다. 공감을 통한 상호작용이 없으면 우리의 뇌는 심한 심리적 고통을 겪는다(데이비드 이글먼, The Brain).

전 세계의 폭력사건을 훑어보면 어디서나 동일한 행동특징들이 발견된다. 폭력 행사를 통한 성취감과 자만심, 폭력행위의 집단감염(폭력유행), 외집단에 대한 공감반응의 결여, 신경외과 의사 이차크 프리드(Itzhak Fried)는 이와 같은 특징적인 행동들을 'E 증후군'으로 명명했다. 'E 증후군'의 핵심 특징은 외부 집단에 대한 공감반응의 결여다. 그 결과 집단폭행과 같은 인간행동의 가장 어두운 측면이 현실화되는 것이다. 무엇 때문에 인간의 본능과도 같은 공감반응이 결여되는 것일까. 공감을 파괴하는 가장 강력한 수단은 선전이다. 선전은 성원과 비성원 사이의 차이를 확대하여 확실한 경계를 지각하도록 만든다. 외부집단에 대한 지속적 비인간화의 선전, 뇌는 결국 자신의 회로를 재구성한다. '비인간화의 신경학적 조작이 완성되는 순간 인간에게 적용되는 도덕 규칙들이 외부집단의 그에게는 적용되지 않을 수도 있다.'(Lasana Harris) 최근 우리 사회에서 일어난 성인들의 무력한 개인을 향한 집단폭행 사건은 이의 단적인 예다.

우리가 인간으로서 배우는 가장 중요한 것들 중 하나는 관점의 전환이다. 관점이 바뀌면 새로운 인지경로가 열리고 뇌의 공감영역이 활성화된다. 비인간화의 경로를 차단할 수 있는 가장 훌륭한 수단이다.

동거춘래(冬去春來)

입춘이 지난 지도 벌써 열흘째다. 절기는 속일 수 없음인가, 증가된 태양 빛의 자연방출은 마침내 대지의 수맥을 열었다. 수맥이 열리(開)면 생명이 열리는 법, 겨울을 견뎌낸 나목(裸木)들의 물관은 요동치기 시작했고, 흔들릴 때마다 부풀어 올랐던 마른가지들도 어느덧 봉오리를 맺었다. 매화는 이미 봉오리를 터뜨렸고 양지쪽 새싹들도 곧 하나둘 고개를 내밀 것이다. 어디선가 흙냄새를 품은 바람이 지난다. 드디어 겨울이 가고 봄이 시작된 것이다(冬去春來).

봄은 이맘때가 가장 반갑다. 봄을 인식하는 순간 우리의 뇌는 기쁨 물질을 만들어낸다. 진화의 과정을 겪으며 우리의 뇌는 겨울을 견뎌야 하는 고통으로, 극복해야 할 시련으로 받아들인다. 그래서 겨울지나 봄이 오면 저절로 반갑고 기쁜 것이다.

스스로를 지키는 힘

봄이 우리 몸에 전하는 메시지는 보다 심오하고 복합적이다. 눈 (眼)은 봄의 햇살의 파장을, 귀(耳)는 봄의 진동을, 피부는 봄의 촉감을 전기신호로 변환하여 뇌에 전달한다. 뇌는 이렇게 전달된 전기신호를 바탕으로 봄을 구성(simulation)한다. 이렇게 구성된 봄이 지금 내가 경험하는 봄이다. 올해는 또 어떤 봄을 만들어낼지는 완전히 나의 뇌에 달린 것이다.

우리의 몸이 봄의 공간 속으로 들어가면 신체 조직을 구성하는 각각의 세포는 봄이 주는 무수한 정보를 뇌에 전달하고 뇌는 다시 신체 각 조직에 메시지를 보낸다. 메시지를 전달받은 신체조직은 자체 에너지와 세포자원들을 결집하기 시작한다. 수맥이 열리고 물관이 요동치듯 가슴이 울렁이고 혈관은 확장된다. 뇌 혈류량이 증가되어 기쁨물질의 생성과 방출은 더욱 촉진된다. 낡은 세포는 새로운 세포로 대체되고 우울한 감정은 저 멀리 밀려난다.

겨우내 무기력증은 봄의 햇살 하나만으로도 밀어내기에 충분하다. 1984년 미국 국립보건원 노먼 로젠탈(Norman Rosenthal)은 일부 우울증이 햇빛 노출로 치유될 수 있다는 것을 알아냈고, 최근 연구결과들도 일치된 결과를 보여주고 있다. 봄이 주는 선물이 어디 이뿐이랴. 봄의 공간 속에서 우리 몸은 여기저기 스스로를 회복시킨다. 한파 속에 찾아온 봄이다. 그래서 더욱 반갑고 기쁜 것이다.

벚꽃 엔딩

벚꽃 엔딩이다. 지는 것은 모두 슬픔을 지녔다. 벚꽃은 질 때 마지막 한 잎까지 봄바람에 흩날린다. 이때가 벚꽃의 정점이다. 덧없는 것은 정점에서 흩날리는 꽃잎이 아니라 노을에 반짝이는 텅 빈 꽃받침이다. 빨간 꽃받침이 툭 툭 떨어지고 나서야 벚꽃의 흔적은 온전히 사라진다. 한없는 설렘이 꽃으로 피어나 정점에서 흩날릴 때 물러가는 봄은 새처럼 울고, 연두는 무심히 신록을 향해 간다. 낙화(洛花)의 슬픔은 꽃이 지닌 아름다움 때문이다. 꽃이 지고 꽃이 핀다. 물러가는 슬픔의 빈자리에 또 다른 슬픔이 시간을 따라 밀려오며 슬픔은 영원한 것인데, 이 세상의 귀하고 아름다운 것이 사라지지 않는 한 슬픔 또한 사라지지 않을 것이다.

슬픔에 대한 위대한 앎은 기쁨의 진가를 이해하는 토대가 되며

스스로를 지키는 힘

그 결과 기쁨을 강렬하게 만든다(존 밀턴). 슬픔은 인간에게 매우 중요한 것이다. 슬픔의 가장 중요한 기능은 애착의 형성이다. 상실의 두려움이 없다면 강한 애정을 가질 수 없다. 사랑이 깊고 넓어지려면 슬픔이 개재되어야 한다. 내게 속한 것을 꽉 붙들도록 만드는 것은 상실의 두려움이다. 슬픔에 대한 예상이 없다면 감정적인 애착은 형성되지 않는다. 그것의 상실이 끔찍하기 때문에 우리는 사랑을 지키고자 한다. 슬픔은 사랑을 보호적으로 만든다.

비구름이 없고 화창한 날씨만 계속된다면 긴 장마 뒤의 맑고 눈부신 태양을 자각할 수 있을까. 긴 겨울이 없었다면 봄날의 감정이 생겨날 수 있었을까. 삶은 슬픔을 내포한다. 봄날의 슬픔은 아름다움을 상기시킨다. 뿐만 아니라 슬픔은 신체적인 고통과 마찬가지로 우리의 행동을 성찰하게 한다. 그 성찰을 토대로 삶을 바꾸는 현명한 결정들을 내릴 수 있도록 한다. 실수를 되풀이하지 않도록 막아주며 어리석은 행동을 예방한다. 슬픔을 종식시키면, 자신의 행동 결과에 대해 애석해하지 않게 되면 우리는 곧 서로를, 세상을 파괴하게 될 것이다(앤드류 솔로몬, 《한낮의 우울》, 민음사, 2019).

벚꽃 엔딩이다. 강(江)이 그저 흘러가는 물이듯, 꽃도 무상(無常)한 무엇일 것이지만 그 도(道)는 요원하여 꽃은 여전히 아름답고 지는 꽃은 슬픔이다. 벚꽃이 진 자리에 이제는 찬란히 모란이 피고 있다.

여름의 숲

　꽃 진 자리마다 열매가 맺었다. 꽃이 지는 것은 수정에 성공했기 때문인데, 사라진 봄꽃 화무십일홍의 허무를 달래는 것은 어린 열매들이다. 봄꽃의 마지막은 송화(松花)다. 봄의 끝자락을 따라 여름을 이끄는 바람이 불어오면, 송화는 이때를 기다려 한껏 부푼 몸을 수정의 바람(願)만으로 바람(風)에 날려 보낸다. 바람(願)만으로 사라지는 모든 것이 그러하듯 송화의 뒷모습도 처연하고 쓸쓸하다. 송화가 사라지면 벌써 여름의 시작이다.

　시작은 설렘이다. 계절의 시작도 설렘이다. 설렘은 환희의 요동이다. 봄의 설렘이 양지쪽 언덕이라면, 여름의 설렘은 우듬지 잎들 우거진 햇살 그윽한 숲속이다. 꽃 진 자리마다 열매가 돋아나면 숲은 환희로 요동친다. 어린 새댁처럼 한껏 부푼 설렘으로 숲은 열매

　　　　　　　　　　　　　스스로를 지키는 힘

를 품고 키워낸다. 부지런히 빛을 빨아드리고 필요한 물질의 합성도 늘린다. 두꺼워진 잎들로 녹음은 짙어지고 숲은 점점 깊어간다.

숲의 조화는 순전히 나무들의 상호의존과 소통을 통해서 생겨난다. 천적의 출현을 알리는 비상 시스템의 작동은 신속하고 고요하다. 숲속의 나무들은 종류에 상관없이 메시지와 공감을 주고받는다. 햇빛이 부족한 나무에는 자신이 합성한 영양소를 나누어 주기도 한다. 숲을 하나로 연결시키는 것은 땅속 균사체(菌絲體, mycelium)의 미세한 섬유망인데, 그 방대한 신경망은 숲을 하나의 유기체로 만들어 준다(앤 드루얀, 《코스모스: 가능한 세계들》, 사이언스 북스, 2020).

숲은 자체로 거대한 생명체다. 살아있는 것들이 함께 엉켜 공존할 때 숲은 어디서나 생겨날 것이지만, 품속의 생명체를 지키고 보호하는 모성까지 지녔다니 실로 놀라울 뿐이다. 어린 열매가 자라나는 여름 숲은 더 많은 물질을 합성한다. 사계의 숲이 저마다 특징이 있지만, 그중에서도 여름 숲이 최고인 것은 이 때문이다. 숲의 천연물질은 신체 기능뿐만 아니라 인지기능의 회복에도 도움이 된다(2014.5, 미국 엑시터대학 연구팀). 숲은 바라보는 것만으로도 무한한 존재적 가치를 지니지만, 생명체에 미치는 기능적 차원의 가치는 무엇과도 비교할 수 없다. 사철 숲과 어울려야 하지만 특히 여름에는 숲속이 제일이다. 숲은 거대한 생명체로 자신이 품은 모든 존재를 지키고 보호한다.

한여름 산들바람

낮에는 바다를 건너온 바람이 숲을 향해 불어오고, 밤이 되면 숲속의 바람이 바다를 향해 불어간다. 바람에도 길이 있어 바람은 늘 길을 따라 부는데, 꽃잎 사이로 불어오는 바람은 실바람이고 나뭇잎을 흔들며 지나가는 바람은 산들바람이다.

바람은 불어가고 불어올 때만 인식되는 물리적인 존재다. 계절을 따라 오는 바람은 계절풍으로, 바다에서 불어오는 바람은 해풍으로 인식한다. 남에서 불어오는 바람은 마파람이고, 동에서 불어오는 바람은 샛바람이다. 아카시아 꽃향기를 코끝에 전하는 바람은 실바람이고, 잔물을 헤적이는 봄바람은 남실바람이다. 한여름 달빛조차 바람의 길을 따라 일렁인다.

스스로를 지키는 힘

바람은 상호작용의 현상적인 존재다. 세상의 모든 실재가 그러하다. 파도가 바닷속으로 녹아들기 전에 잠시 모습을 유지하듯, 바람도 잠시 머무는 한 과정일 뿐이다. 우리는 바람처럼, 다른 대상들처럼 잠깐 동안만 한결같은 과정인 것이다(카를로 로벨리, 《보이는 세상은 실재가 아니다》, 쌤엔파커스, 2020). 꽃잎 흔드는 바람에는 가슴이 젖고, 옥수수 잎을 흔드는 바람에는 상쾌함이 느껴진다. 잡목 우거진 숲에서는 바람이 흐느끼고, 잔물을 헤적이는 남실바람은 물결처럼 일렁이는 그리움이다. 잠시 스쳐 가는 바람에 감정이 실려오는 것은 바람이 뇌의 변연계를 관통하여 인간의 감정회로를 자극하기 때문이다.

　　바람은 늘 바람의 길 위에서 생성과 소멸을 반복한다. 바람의 길 위에 늘 바람이 이(起)는 것은 바람도 길 위에서 모이고 합쳐지기 때문이다. 철새들이 날아오는 길도 실상은 바람의 길이어서, 여름 철새들은 한여름 산들바람 타고 날아온다. 여름 내내 바람의 길목을 찾아다녔던 기억이 새롭다. 바람의 길목에는 늘 바람이 일었고, 바람의 길목에서 사람들은 바람처럼 모였다 바람처럼 흩어졌다.

　　본격적인 여름의 시작이다. 실내외의 온도차는 벌어지기 시작했고, 온도차가 커질수록 냉방병은 늘어난다. 냉방병 예방을 위해서는 실내외의 온도차가 5℃ 이상이 되지 않도록 해야 하고, 자주 자연풍을 마주해야 한다. 한여름 산들바람에 행복한 감정이 생겨나는 것은 엄연한 생명현상이다. 한여름 산들바람의 행복한 경험이 잊혀지면 여름 냉방병은 늘어날 수밖에 없다.

한여름 땀 흘리기
(perspiration)

    장마가 끝나자 하늘은 맑아서 한여름 햇살이 거침없이 쏟아진다. 수마의 습격을 받은 혹독한 재해의 현장에는 홍수처럼 비지땀이 쏟아지고, 지나가는 바람은 깊은 탄식처럼 뜨겁기만 하다. 입추가 지난 지도 보름째, 절기상 여름은 끝에 다다랐음에도 폭염은 그칠 줄을 모른다. 뜨거운 바람을 따라 우거진 가로수 무심한 잎들이 농밀한 그림자를 출렁인다.

    땀 흘리기 좋은 계절이다. 그러나 한여름 땀은 흘린 즉시 보충되어야 한다. 그렇지 않으면 과도할 정도의 피로가 밀려오고 집중력이 떨어진다. 심해지면 정신적인 판단에도 문제가 생겨 여름철 등산객이 길을 잃고 헤매기도 한다. 우리는 하루에 약 2.5리터의 수분을 배출한다. 아무것도 하지 않고 가만히 앉아서 숨만 쉬어도 하루에 약 1.5리터의 물이 빠져나간다. 폭염 속에서 활동을 한다면 땀의 소실속도와 양은 이보다 훨씬 증가한다.

세계보건기구(WHO)의 하루 물 섭취 권장량은 1.5~2리터다. 물은 배출한 양의 절반을 음식에 든 형태로 섭취하지만, 나머지는 물의 형태로 마셔야 한다. 갈증을 느낄 때만 물을 마시면 물 부족에 빠지기 쉽다. 갈증은 물이 얼마나 필요한지를 말해주는 신뢰할 만한 지표가 아니다. 소실된 양의 5분의 1만 마셔도 갈증은 해소된다. 갈증중추가 둔감해진 노인은 특히 그렇다. 그러므로 물은 틈틈이 습관처럼 마셔야 한다.

땀을 통해 체열을 발산시키는 인간의 능력은 인간의 뇌가 커지는 데 기여했다. 뇌는 온도에 가장 민감하기 때문이다. 인간보다 땀샘이 적은 네발 동물들은 대부분 헐떡임으로써 몸을 식힌다. 침팬지는 땀샘이 인간의 약 절반에 불과하므로, 사람처럼 빨리 땀을 내보낼 수 없다. 그러므로 이들의 뇌는 인간처럼 커질 수가 없다. 결국 인간을 오늘날의 인간으로 만든 것은 인간이 지닌 땀 흘릴 수 있는 능력 덕분이었다(빌 브라이슨, 《바디: 우리 몸 안내서》, 까치글방, 2020).

인간이 만물의 영장으로 우뚝할 수 있는 것이 우리가 흘리는 땀덕분이었음은 그리 놀랄 일은 아니다. 의미 있는 활동을 통해 흠뻑

스스로를 지키는 힘

땀을 흘리고 나면 기분이 좋아지는 것도 진화를 향한 인간 무의식의 열망 때문이다. 그러나 여름철 땀 흘리기는 흘린 만큼 즉시 보충되어야 한다.

수의(隨意)와 불수의(不隨意)

오늘도 하늘은 푸르러 잎 떨군 가지들이 하늘을 향해 말라간다.
묏등마다 잔디는 부드럽게 누웠고, 바람이 불 때마다 허리를 곧추
세운 겨울나목이 바람을 따라 흐느낀다. 꿈과 분노, 격정과 눈물.
계절의 고난 앞에서도 그들의 물관(水管)은 멈추지 않을 터, 봄이면
꿈처럼 다시 그들의 싹을 내밀 것이다.

물관을 작동시키는 것은 어려움을 성찰하는 그들의 내면이다.
잎을 떨어뜨리는 것이 나무들의 수의(隨意)적 과정이라면, 물관을
작동시키는 것은 불수의(不隨意)적 과정이다. 수의란 팔, 다리를 움
직이는 것처럼 마음먹은 대로 움직일 수 있는 것을 말하고, 장(腸)
이 움직이고 심장이 뛰는 것처럼 내 의지와 상관없이 작동되는 것
을 불수의라 한다.

스스로를 지키는 힘

우리 인체는 수의와 불수의의 조화 속에 생명현상을 유지한다. 그럼에도 우리는 오직 내 의지대로 할 수 있는 수의적인 과정만을 자아와 동일시한다. 자아는 통제와 조작의 지위에 있으며, 수의적 인 의지에 의한 활동의 장이다. 하지만 인체는 기본적으로 심장박동, 혈액순환, 소화와 신진대사 등, 불수의적인 과정과도 잘 조직된 하나의 결합체다. 수의적인 것만 '나'라고 착각할 때 불수의적인 작용들에 대해서는 '나 아닌 것', '신뢰할 수 없는 것'으로 받아들인다. 자기 존재 전체의 절반만을 자신이라 느끼는 것은 결국 문제를 불러오게 된다. 지금 이 순간에도 우리 인체는 복잡한 소화과정에서 부터 신경전달의 미묘한 과정과 관념적 정보의 교통정리에 이르기까지 한 번에 수백만 가지 과정을 조정하고 있다. 불수의적인 과정을 자신으로 받아들인다는 것은 불수의적인 과정을 통제할 수 있게 된다는 의미가 아니다. 피를 거꾸로 흐르게 할 수는 없는 일이다. 그러나 불수의적인 과정도 똑같이 자기 자신이라는 점을 깨달음으로써 자신과 세계를 강박적으로 조작하고, 억지로 통제하려는 만성적이고 헛된 시도를 포기하게 되는 것이다. 일상에서의 헛된 근심 걱정은 불수의적인 과정들까지 통제하고 조작하려는 데서 비롯된다. 그럼에도 여전히 우리는 수의적인 과정만을 '나'와 동일시한다. 우리들 대부분은 이미 오래전에 신체의 절반을 잃어버렸다 (켄 윌버, 《무경계》, 정신세계사, 2012).

오토파지(auto-phage)

오토(auto)란 자동을 뜻하는 접두어이고 파지(phage)는 먹어치운다는 의미다. 그러므로 오토파지(autophage)란 자신의 몸을 스스로 먹어치운다는 의미다. 면역계에서 오토파지 기능은 대단히 중요하다. 2016년 노벨생리의학상은 일본 도쿄 공업대 오스미 요스노리 교수가 수상했다. 인체 면역계의 '오토파지'에 대한 연구 성과를 인정받았기 때문이다. 세포 노화나 대사과정에서 생겨나는 불필요한 단백질이나 세포 소기관을 깨끗이 처리하는 능력은 세포 항상성(homeostasis) 유지를 위해서 꼭 필요하다.

우리 몸속에는 하루에도 5천에서 일만 개 정도의 암세포가 생겨난다. 그런데도 우리가 건강을 유지할 수 있는 이유는 '오토파지' 때문이다. 인체에서 생겨난 비정상적인 물질이나 암세포를 면역세

스스로를 지키는 힘

포가 먹어치우기 때문이다. 우리가 무서워하는 알츠하이머성 치매도 뇌신경세포에 아밀로이드라는 물질이 오토파지 기능에 의해 제거되지 못하고 축적되었기 때문이다.

오토파지 기능은 여러 요인으로 향상되기도 하고 억제되기도 한다. 과도한 영양 상태에서는 이 기능이 억제된다고 한다. 고칼로리 정크푸드, 나쁜 지방, 과도한 스트레스와 바쁜 일상, 수면 부족 등등은 면역계의 오토파지 기능을 망가뜨린다. 그 결과 암을 비롯한 여러 질환이 발생한다.

네겐트로피

유기체가 상당히 높은 수준의 질서를 유지하는 것은 환경으로부터 끊임없이 질서를 빨아들이기 때문이다. '네겐트로피'란 엔트로무질서를 의미하는 엔트로피의 반대개념이다. 내면의 질서만 유지할 수 있다면 우리 몸은 항상성을 유지하며 스스로 치유한다(에르빈 슈레딩거).

우리는 아름다운 자연이나 피톤치드로 가득 찬 숲속에서 행복감을 느끼곤 한다. 이유는 생존과 건강에 도움이 되기 때문이다. 그러나 반대일 때는 본능적으로 고통을 느낀다. 인간의 유전자가 그렇게 느끼도록 설계되어있기 때문이다. 그래서 인간은 생명을 유지하고 종족을 보존한다.

푸르고 울창한 녹음 속에 사는 것은 전반적인 신체 건강뿐만 아

스스로를 지키는 힘

니라 치매 증상을 예방 또는 완화해 준다. 그동안 진행된 연구결과를 종합 분석한 보고서(2014.5. 미국 엑시터대학 연구팀)에 따르면 도시에서 사는 치매 노인보다 자연과 함께 생활하는 치매 노인의 기억력이나 인지기능 회복이 더 나은 것으로 나타났다. 이에 대해 연구팀은 자연 속에서 사는 것이 신경변성질환과 관련 있는 증상을 줄이는 데 도움을 준다고 전했다. 이 연구결과는 사이언스월드 리포트가 보도했다.

녹색 자연환경에서 사는 사람이 3배 이상 건강하고 비만을 포함한 만성질환을 40%까지 감소시킨다는 것이 최근 의학계의 보고다. 자연이 보약인 셈이다. 대지의 소리를 듣고 자연과 대화를 했다던 세계적인 육종학자 루터 버뱅크는 말했다. "자연이 열어주는 문보다 더 많은 앎으로 이끌어주는 문은 없다. 자연 속에서 발견하는 진리 이외의 다른 진리는 존재하지 않는다."

생태계 건전성을 포함한 자연환경이 행복지수는 물론이고 건강에 지대한 영향을 미친다는 사실은 이미 입증되어 있다. '타관에 유랑하다가 얻은 각기병은 천만 가지 약보다도 고향의 아침이슬을 밟아야 낫는다'는 말도 있지 않던가. 고향의 아침이슬은 아마도 안전하고 평화로운 자신만의 영역, 스스로 치유하고 온전해질 수 있는 곳, 바로 어머니 품속같이 따뜻한 고향의 자연환경을 의미했을 것이다. 짐승도 살다가 지치거나 다치면 자연 속 안전한 곳을 찾아 기운을 회복한다고 한다. 이곳이 바로 '네겐트로피'의 원천이다.

면역관용(immune tolerance)

관용은 스스로 자신을 지키는 힘이며 최고경지의 진화적 산물이다. 관용의 품성을 상실한 개체는 스스로 병든다. 관용은 타고난(personality) 것이기도 하지만 대부분 후천적으로 습득되는 것이다. 그러므로 관용은 높은 수준의 교양일 뿐만 아니라 최고경지의 처세다. 수필가로 널리 알려진 금아 피천득 선생은 '여린 마음'으로 돌아간다면 인생은 좀 더 행복할 수 있을 것이라 하였다. '여린 마음'이란 바로 관용의 품성이다. 관용의 품성을 상실하게 되면 부정적인 감정에 휩싸이기 쉽고, 부정적인 감정은 면역계에도 직접적인 영향을 미친다. 뇌세포와 면역세포가 신경전달물질의 수용체를 공유하기 때문이다.

스스로를 지키는 힘

인체의 면역계도 관용의 품성(immune tolerance, 면역관용)을 지니고 있는데 이를 상실하면 개체는 질병을 일으킨다. 이것이 바로 자가 면역질환(autoimmune disease) 이다.

면역관용을 이용한 치료법이 소개되어 비상한 관심을 끌고 있다. 기존 면역치료법은 환자의 혈액에서 T세포를 추출하고 실험실에서 유전적인 변형을 거쳐 수정된 T세포가 다시 환자에게 주입되어 암, 백혈병 등 암세포를 공격하는 치료법이었으나 이 치료법은 정상 세포도 공격을 당할 수 있는 제한점이 있었다. 관용을 상실했기 때문이다. 면역관용을 이용한 치료법에 대한 기대가 크다.

귀의소통(歸依疏通)

　인체의 면역은 선천면역과 후천면역으로 나누어지는데, 선천면역은 대식세포, 수지상세포, 자연살해세포(natural killer cell) 등이 주로 담당하고 후천 면역은 T 임파구와 B 임파구가 담당한다. 사실 이들은 모두 한뿌리에서 나온 세포로 긴밀한 소통과 협력을 통해 인체를 외부의 침입으로부터 지켜낸다. 이들의 활발한 소통이 없으면 면역기능은 제대로 작동될 수 없고 면역기능이 작동되지 않으면 하루도 살아가기 어렵다. 특히 상처와 고통을 통해 획득하는 후천 면역은 소통을 통해 활성화된다. 소통을 통한 자기 보호는 인간에게만 국한되는 것이 아니다. 지구상의 모든 동식물, 심지어 세균까지도 소통을 통해 자신을 보호한다. 나무의 경우를 예를 들면 벌레가 와서 잎을 갉아 먹기 시작하면 먼저 자신의 도관을 통해 전체 가지와 잎에 적의 출현을 전달한다. 이때부터 나무는 벌레의 침

　　　　　　　　　　　　　　스스로를 지키는 힘

을 분석하여 벌레가 싫어하는 물질을 합성(자스몬 산)한다. 이때 벌레의 천적을 불러 모으는 물질(터핀)도 함께 합성하여 공기 중에 분비한다. 뿐만 아니라 근처 나무들에도 휘발성 물질을 통해 적을 출현을 알리고 미리 대비하게 한다. 이와 같은 소통을 통해 나무들은 서로서로 의지하며 스스로를 보호한다.

고립된 개체는 위험하다. 소통에 귀의(歸依)해야 한다. 귀의(歸依)는 불교 용어로 의지함을 뜻한다. 소통의 본질은 포용과 인내다. 그러므로 귀의소통(歸依疏通)이란 고통조차 포용하겠다는 긍정적 삶의 자세다. 소통에 귀의하면 내가 가진 힘보다 더 큰 힘이 생겨난다. 개체는 이 에너지를 바탕으로 끊임없이 진화하며 항상성을 유지한다.

프렌치 패러독스
(French paradox)

　항산화 물질이 풍부한 음식은 산화적 손상으로부터 세포를 보호한다. 그러나 산화적 손상으로부터 자신을 지키기 위해 보다 중요한 것은 음식을 대하는 태도다. 아무리 좋은 음식도 귀한 줄 모르고 시간에 쫓겨 허겁지겁 먹는다든가, 불쾌한 감정이 개입되면 문제를 일으킨다. 소화 장애를 일으키기도 하고 위산을 과다 분비시켜 위염을 초래하기도 한다. 어찌 이뿐이겠는가. 미국 토마스제퍼슨대학의 통합의학센터의 책임자로 있는 다니엘 몬티 박사의 연구에 의하면 비록 몸에 좋지 않다고 알려진 음식일지라도 즐기고 맛을 음미할 수 있었던 사람에게서는 면역기능이 향상되었다고 한다. '프렌치 패러독스(French paradox)'는 프랑스인들이 미국인이나 영국인 못지않게 기름진 음식을 즐기지만 심장병에 덜 걸리는 현상 때문에 나온 말이다. 1991년 미국의 텔레비전에 프렌치 패러독스

　　　　　　　　　　　　　　　　　　스스로를 지키는 힘

가 소개될 때는 포도주가 심장병을 낮추는 것으로 보도되었다. 그러나 많은 학자들이 동의하는 프렌치 패러독스의 본질은 포도주가 아니라 프랑스 사람들의 음식을 먹는 태도다. 포화지방과 고기 그리고 술을 즐기면서도 노년까지 건강한 삶을 살아가는 비결은 함께 모여 즐기는 그들의 식사문화가 건강에 긍정적으로 작용한 것으로 결론지었다. 음식을 대하는 태도가 얼마나 중요한지 과학적으로 증명한 것이다. 많은 양자물리학자들은 긍정적 감정과 의식이 물질의 경계를 부수고 들어가 그들의 입자세계에 개입될 때 놀라운 변화가 일어난다고 주장한다. 물과 파동의학 분야에서 독창적 연구를 통해 전 세계적인 반향을 불러일으킨 마사루 에모토 박사의 물의 실험을 소개하면, 감사와 긍정의 태도로 바라본 물의 결정체는 규칙적이고 질서정연했던 반면 부정적 생각으로 바라본 물의 결정체는 정반대였다. 음식을 대하는 태도와 마음가짐이 중요한 영향을 끼친다는 것을 증명한 훌륭한 실험이 아닐 수 없다. 우리 조상만큼 음식을 귀하게 여기고 먹는 태도를 중하게 여긴 민족도 드물 것이다. 기독교인들은 음식을 먹기 전에 반드시 감사 기도를 하고 먹는다. 사랑을 동반한 음식은 그 어떤 사치스러운 음식보다 낫다는 성경 말씀도 있다. 음식을 대하는 긍정적인 태도야말로 가장 강력한 항산화제다.

임을 위한 행진곡

순환을 멈춘 채 허무하게 누워있는 텅 빈 들판, 그 위를 가로질러 습기 잃은 바람이 지난다. 바람이 지날 때마다 처량한 가을의 잔해들이 도망치듯 굴러간다. 앙상한 나목들이 소리를 치며 몸을 비빈다. 봄에의 믿음 하나로 나목들은 또 그렇게 겨울을 견딜 것이다.

장장 6개월을 끌어온 울산대학교병원 노사임금교섭이 극적으로 타결되면서 파업위기를 넘겼다. 온갖 구호가 적힌 벽보로 병원 광장을 도배했던 황량한 풍경의 일각(一角)들이 말끔히 제거되었다. 점심시간마다 울려 퍼지던 노조의 진군가도 멎었다. 막강(?) 울산대학교병원 노조가 잠시 진군을 멈춘 것이다. 잠정 합의안으로 조합원 최종 투표를 남겨놓고 있기는 하지만 반가운 일이 아닐 수 없

　　　　　　　　　　　스스로를 지키는 힘

다. 노사 교섭당사자들에게 지면을 빌려 그간의 노고에 경의와 감사를 표하고 싶다. 이제는 조합원이 투표를 통해 압도적으로 노사 합의안을 수용함으로써 병원파업이 철회되기를 기대한다. 병원의 파업은 여타 사업장의 파업과는 달리 파업 즉시 환자들에게 피해가 돌아간다. 또 환자들이 병원에 등을 돌리게 되고 한번 등 돌린 환자는 여간해서 다시 돌아오지 않는다. 환자가 줄면 병원 경영이 어려워지는 것은 당연한 이치다. 환자가 병원에 등을 돌리는 이유는 크게 두 가지다. 실력이 없거나 병원구성원들이 환자에 대한 소명의식이 결여되었을 때다. 우리 모두는 개인적으로 원했기 때문에, 선택했기 때문에 각자가 크고 작은 직장에서 일하고 있다. 하지만 그것은 천부적인 당연한 권리가 아니기 때문에 소명(vocation)이라고 볼 수 있다. 직장에서 일하는 것을 천부적인 권리로 당연하게 여기는 것은 오만이고 여기서 원망과 불평이 싹튼다. 당연한 권리로 착각하여 환자에 대한 소명의식이 결여되면 병원은 살아남을 수 없다. 도태된 많은 병원들의 사례가 그렇다.

긴 동토의 겨울이었다. 순수한 소명과 신성한 의무감으로 우리 함께 하나가 되었던 때가 있었다. 추위와 어둠을 딛고 우리를 무자비하게 하나 되게 했던 것은 바로 '임을 위한 행진곡'이었다. 그 시절 처절하고 애처로운 우리들의 자화상은 그 노래에 모두 녹아 있었다. 사랑도 명예도 이름도 남김없이 다 함께 나가자며 우리가 불렀던 진군의 노래는 정의의 깃발들이 모진 바람에 사정없이 찢어지며 내는 눈물이었고, 그 어떤 노래보다도 높은 옥타브의 절규였다. 그때 우리가 불렀던 우리들의 임은 자유를 잃고 신음하는 이 나라 민초들이었고 권리를 박탈당한 노동자였다. 지나가던 시민들이 박수를 쳤고 눈물을 닦았다. 감히 누가 그 처절한 절규에 대한 화답을 외면할 수 있었겠는가. 30여 년이 지난 지금 대한민국 광장에서 들려오는 '임을 위한 행진곡'은 가짜다. 가사와 리듬, 어느 것 하나 달라진 것이 없지만 애절함과 처절함이 배어나지 않으므로 가짜다. 애절함이 없으면 절규일 수 없고 처절함이 없는 깃발은 깃발이 아니다. 정규직 노조가 결코 사회적 약자일 수 없는 지금의 대한민국 현실에서 아무리 비장한 창법으로 진군가를 불러본들 거기에는 처절한 절규가 배어날 수 없다. 그러므로 어느 누구 하나 박수치지 않는 것이다. 병원의 모든 광장은 질병으로 고통받는 환자들의 힐링 공간이다. 그 어떤 권력으로도 이들의 공간을 침해해서는 안 된다. '나의 권리 행사를 위해 남의 자유를 침해해서는 안 된다'는 인류 보편의 원칙을 훼손하고서는 사람 사는 세상을 만들겠다는 모든 발전논리는 거짓이 되고 만다. 어렵게 마련한 노사 잠정합의안을 울산대학교병원의 모든 직원이 흔쾌히 수용해주기를 바라는 또 하나의 이유다.

매몰차게 맑은 겨울 하늘 아래로 들녘에는 어느새 서리가 내렸다. 바람이 지날 때마다 낙엽을 끝낸 나목들이 비명을 지른다. 그러나 봄에로의 희망은 결코 버리지 않았을 터, 그래서 물관부엔 힘

스스로를 지키는 힘

차게 수분이 순환할 것이다. 꿈이 없는 무력감으론 겨울을 이겨낼 수 없다. 인간과 조직을 한없이 갉아먹는 암 덩어리, 신께서도 결코 용서할 수 없는 것은 절망에 빠지는 것이라고 했다. 상처를 치유하고 어려움을 견뎌내는 힘은 바로 희망이다. 이 겨울 내가 갖는 희망은 신성한 사명감과 공공의식으로 무장한 노조의 진군을 보고 싶은 것이다. 80년대 민주화운동을 이끌었던 그때의 흔들림 없는 신념과 결기와 강단으로 질병으로 고통받는 환자들의 광장을 지켜내기 위한, 자본의 무지막지한 탐욕으로부터 이들을 지켜내기 위한 가짜가 아닌 진짜 '임을 위한 행진곡'을 듣고 싶은 것이다(경상시론, 김문찬).

억새의 향연

 태화강 하구에 억새가 피었다. 너울너울 억새가 피었다. 성못길 고향을 휘감고 흐르는 회야강 언덕에도, 잡초만 무심히 늙어가는 고향 선영의 묵정밭에도 너울너울 억새가 피었다. 벼가 누렇게 고개를 숙이고, 콩잎도 누릇누릇 지쳐갈 때면 고향의 언덕에는 어김없이 이렇게 억새가 피어올랐다. 갓 피어난 억새는 살랑살랑 빛나는 갈색이다. 가을 햇살에 찬란히 빛나는 억새도 만추가 되면 하얗게 빛이 바래면서 홀씨를 바람에 새처럼 훨훨 날려 보낸다. 그래서 억새를 '새'라 불렀을까. 고향에서는 억새를 새라 불렀다.

 억새는 먹을 수 있는 맛있는 꽃이다. 꽃이 피기 전 새하얀 속살을 어릴 적에 자주 먹었다. 그 맛은 달고 부드럽다. 억새 속살을 꺼내다 가끔은 억새 잎에 손을 베이기도 했다. 억새 잎에 손을 베어

스스로를 지키는 힘

보지 않은 사람은 왜 억새가 으악~새인 줄 모를 것이다. 억새 속을 먹느라 풀 먹이던 누렁이를 놓쳐 이 골짝 저 골짝 소 찾아 헤맸던 기억도 이 가을 억새가 주는 애틋한 추억의 한 부분이다. 그때는 풀도 귀해서 남의 밭둑의 풀도 함부로 베지 못했다. 소먹이 감으로 혹은 두엄용으로 풀이 베어지고 나면 밭둑은 오롯이 억새 차지였다. 가을 들녘이 온통 억새 천지였다. 자연 속에 방목되다시피 자란 내 유년의 추억 속에 비친 억새의 모습은 지금도 애틋한 그리움으로 남아 가을이면 내 가슴속에 생생하게 펼쳐진다.

흰 무 베어 물고 거닐던 오솔길 가며, 동구 밖 언덕이며, 골골이 층층 밭둑을 가득 메운 채 가을 햇살에 총총히 빛을 발하며 출렁이던 억새. 가을 운동회의 만국기처럼 씩씩하게 펄럭이기도 했다가 또 언제는 가을 소슬바람에 어깨를 들썩이며 흐느끼던 억새의 모습은 아직도 생생히 지워지지 않는다. 바다를 건너온 바람이 켜켜이 억새 숲을 헤집고 들어가면 억새는 온몸을 흔들어 파도를 일으킨다. 파도가 일어 생긴 산소로 물고기가 살듯이 억새는 그렇게 홀씨를 키운다. 억새가 조그만 소슬바람에도 쉼 없이 몸을 떨며 우는 이유가 여기에 있지 않을까.

적막한 산천의 가을 달밤에 바람을 따라 홀로 우는 억새를 누구는 '으악새 슬피 우는 가을'이라 노래했고, 만추의 자락에 모든 홀씨를 표표히 날려 보내고 꽃대만 남은 억새가 또 그렇게 울다가 봄을 맞으면 시인은 억새를 '억세게 살아남은 억새풀'이라 노래했다. 억세게 살아남아 비가 오고 바람이 불고 눈이 내리고 또 소가 가을 밭을 갈 때까지 긴 인고의 세월을 거쳐 느리고 더디게 피운 꽃이 억새꽃이다. 억새는 슬로우 플라워다. 음식으로 따지면 오랫동안 숙성된 우리 고유의 담백하고 정갈한 맛이 나는 꽃이다. 기름진 땅에서 며칠 만에 속성으로 핀 꽃과는 차원이 다른, 겸손하면서도 수수한 그리 밝지도 칙칙하지도 않은 꽃, 화려하지는 않지만 품위를 갖춘 이 땅의 꼭 우리 어머니 같은 꽃이다.

우리 어머니 같은 억새, 억새 같았던 우리 어머니. 우리 어머니처럼 농부들의 고단한 삶을 더듬던 억새는 척박한 땅에 뿌리를 밖은 관계로 여간해서 스러지지 않는다. 태풍이 와도 뿌리째 뽑히는 법도 없다. 동해에서 불어오는 건들바람에 너울거리며 여름날의 칙칙했던 욕망과 격정과 원망을 말끔히 비질하며 지나가던 억새, 비바람이 자연을 정화시키듯 고향의 억새는 어쩌면 우리의 마음을 정화시켰으리라.

태화강 하류에 억새가 운다. 너울너울 억새가 운다. 유명고산의 절세평원이 아니어도 억새는 지금 지천에서 울고 있다. 가만히 눈을 감고 귀 기울이면 소프라노가 되었다가 테너가 되었다가 때론 강바람에 바리톤이 되었다가 다시 장엄한 교향악으로 태화강 백

스스로를 지키는 힘

리 물길을 따라 너울너울 퍼져나간다. 올해도 어김없이 억새의 향
연이 시작된 것이다(경상시론, 김문찬).

지피지기로 지키는 건강

　한 여인이 휠체어에 의지한 채 성경을 읽고 있다. 염포산을 넘어가는 저녁 햇살이 성경을 비춘다. 고요하다. 암 병동은 늘 이렇게 고요하다. 수많은 환자가 암과 씨름 하다 죽어가는 병동, 울산대학교병원 신관 9층은 암 환자들만 있는 암 병동이다. 필자의 연구실도 9층에 있다. 가끔 연구실을 들락거릴 때면 휠체어를 탄 암 환자를 자주 만난다. 얼마 전 이 병동에서 삶을 마감한 필자의 매형도 휠체어에 앉아 조석으로 필자와 마주했다. 오늘은 휠체어에 앉아 성경을 읽고 있는 중년의 여인을 만난 것이다. 덧없는 상념이 뇌리를 스친다.

　한 아름다운 여인이, 휠체어에 의지하기까지 그 고통의 근원은 어디일까. 내 인생이 이게 뭐냐고, 부엌일을 하다 말고 바닥에 주저

　　　　　　　　　　　　　　스스로를 지키는 힘

앉아 울부짖었을 시간은 얼마였으며, 결코 내가 맡아서는 안 될 억지로 주어진 이 배역에 대한 분노와 증오의 시간은 또 얼마였을까. 울산 현대중공업 제1공장 은색 지붕 너머로 바라보이는 동해 바다에는 오늘따라 바람이 불고 거친 파도가 인다. 잠시 차 한잔 마실 틈도 없이 응급실로 향한다. 막역하게 지내는 선배의 전화를 받고서다.

응급실 문이 흔들릴 때마다 보이는 것은 신음하는 환자들의 모습뿐이다. 배를 움켜 쥔 환자에서부터 좁은 응급 침대에 실린 환자들에 이르기까지. 다 괜찮을 거라고 말로는 위로를 하지만 그들의 참담한 시선은 애절하기만 하다. 중환자실 복도를 거쳐 다시 연구실로 향한다. 모니터를 통해 수술이 끝나기를 기다리는 보호자들은 모두 손을 모았고, 젊은 여인 하나가 계단에 주저앉아 소매 끝으로 눈시울을 찍는다. 창문 너머에는 핏빛 같은 노을이 염포 산자락에 그윽하다. 거즈에 묻은 핏빛 같은 노을.

한국인 사망원인 중 1위는 역시 암이다(27%). 위암, 간암, 폐암, 유방암 등 인체 모든 장기에서 조직에서 발생하는 암을 합쳤을 때 그렇다. 2위는 심장과 뇌의 혈관손상으로 인한 사망이다(23%). 미국의 경우는 혈관손상으로 인한 사망이 35%로 1위, 전체 암으로 인한 사망은 2위다. 암과 혈관손상의 주된 원인은 늙어감에 있다. 그러므로 수명이 늘어나면 이들 질환 또한 늘어남은 당연한 이치다.

2013년 한국인 평균수명은 81세다(남자 77, 여자 84). 현재 살아있는 사람들의 기대수명은 남자는 95.5세요 여자는 100세다. 그리고 마지막 10년 중 5년 이상은 앓다가 간다. 고독과 아픔 그리고 죄책감으로. 죽음을 두려워하는 것은 어리석다고 어느 현자는 말하지만, 현재 한국 노인들이 두려워하는 것은 가난과 고독과 병마 앞에서 마지막 인간으로서 자존감마저 상실할까 그것이 두려운 것이다.

창밖에는 온통 겨울이다. 신축병동의 절개 면을 타고 오르며 온통 푸르름을 수 놓았던 담쟁이 넝쿨도 자취를 감추었고, 바람이 불 때마다 향기를 더하며 한 생애를 꽃피웠던 들국화도 자취를 감추었다. 한 노인이 어린 손주의 손을 잡고 진료실로 들어온다. 팔순이 가까운 나이임에도 혈색과 자태에는 조금도 흐트러짐이 없다. 특별한 질환이 없는 데도 3개월마다 꼭 필자의 진료실을 찾는 분이다. 몇 번씩이나 건강하다는 다짐을 받고서야 밝은 표정으로 진료실 문을 나선다. 한국 노인들이 얼마나 늙고 병듦을 두려워하는지를 보여주는 대목일 것이다.

세월 감에 늙는 것이 숙명이라 할지라도 질병은 우리의 노력으로 최대한 예방할 수 있다. 건강은 건강할 때 지켜야 한다. 암과 혈관질환은 증상이 나타나면 이미 늦는 경우가 많다. 그러므로 정기적으로 꼭꼭 검진을 받아야 하고 예방을 위한 노력도 소홀히 해서는 안 된다. 1979년 미국의 보건성장관이었던 줄리어드 리치먼

스스로를 지키는 힘

드 박사는 장관보고서에서 "현재 미국인 사망원인의 절반 이상은 잘못된 행동과 습관에 기인하는 것이다."라고 했다. 건강을 지키는 데 있어 가장 중요한 것은 '지피지기'다. 규칙적인 운동과 정기적 검진은 반드시 지켜져야 하고(지) 흡연과 과음, 과식은 피해야 한다(피). 그리고 이를 지속해야 하고(지) 매사에 기쁘게 살아야 한다(기). 갑오년은 야생의 푸른 말처럼 우리 국민 모두가 건강한 해가 되었으면 좋겠다(경상시론, 김문찬).

오늘도 '솔마루 둘레길'을 걷는다

'일엽지추(一葉知秋)'라 했던가. 어느 서슬엔가 찬바람은 알싸하게 우리 가슴에 부딪혀 온다. 그 쌀쌀함만으로도 고독을 부추기기에 부족함이 없거니와 서늘한 바람에 뒹구는 낙엽들은 젊은 날 가슴 울렁거리며 읽었던 이별의 연서를 추억하게 한다. 만추의 서정이 고독하고 그리운 것은 싸늘함과 건조함이 고독의 본능을 자극하는 것이 아니라 어쩌면 후천적 학습의 결과일 것이다. 찬바람이 불면 낙엽이 지고 낙엽이 지면 떠나야 하고 떠나보내야 하는.

설악산에 단풍이 절정이라는 소식이다. 상상만으로도 황홀한 만산홍엽의 한계령. 추풍령 이남에도 곧 절정을 이루겠지만 개개의 단풍은 그들 각자의 삶의 방식과 역할이 달랐던 만큼 고유한 색깔과 개성으로 만산홍엽을 연출하고 있는 것이다. 옻나무는 옻나무

스스로를 지키는 힘

대로, 참나무는 참나무대로. 단풍든 잎들은 하나같이 그들이 딛고 선 대지의 색깔을 닮았다. 거무튀튀에서부터 붉은 황토에 이르기까지. 꽃을 피우고 열매를 맺기 위해 애를 써다가 마침내 순환을 끝내고 그들 본래의 모습으로 돌아간 상태, 이것이 바로 단풍이다. 굳건한 기상과 흔들리지 않는 용기로 열매를 맺고, 열매를 지키며 키웠던 어버이의 모습으로 오늘 삼천리금수강산을 붉게붉게 물들이고 있는 것이다.

오늘도 은월봉에 오른다. 은월봉은 우리 집 뒷동산 남산의 끝 봉우리다. 산은 낮으나 은월봉에 서면 사면이 트인다. 멀리 동쪽 무룡산 자락에는 하늘 높이 뭉게뭉게 흰 구름이 걸리었고 북쪽 함월산을 병풍 삼은 태화들에는 푸른 대밭 사이로 태화강이 흐른다.

계절을 잊은 듯 태화들은 저리도 푸른데 강 건너 산 아래는 은행잎이 노랗게 물들어간다. 솔밭 너머로 보이는 하늘은 눈부시게 파랗고 산정에는 습기를 잃은 바람이 무심히 지나간다. 바람이 지날 때마다 우수수 찬란한 황금빛 조각들이 떨어진다. 뚝뚝 모란이 지듯이 동백이 지듯이. 그들은 지금 뻐꾹새 구슬피 울어대던 길을 따라 한세월 다하여 돌아가고 있는 것이다. 대지의 품으로, 대지의 젖줄이 되기 위해. 누가 보더라도 부끄럽지 않은 그들만의 삶을 살고 가는 모습, 어찌 이것이 허무의 모습이겠는가. 떨어져 마침내 바람에 자유로운 그들은 지금 해탈의 순간을 맞이하고 있는 것이다.

은월봉을 거쳐 하얀 가르마 같은 '솔마루 둘레길'을 걷는다. 격동재를 지나 한참을 걸으면 공원묘지가 나온다. 가을 양광을 몸에 품은 묏등마다 잔디는 고이고이 물들어가는데 날개 고운 산새가 울고 간 자리마다 군데군데 한 움큼씩 구절초가 피었다. "날개 없어 별이 못된 눈물 같은 꽃/산 너머 흰 구름만 보고 있는 꽃/(《구절초》, 선용)." 어쩜 저리도 평화로울 수 있을까. 다시 언덕을 넘어 소나무 숲을 지나면 문수로를 건너는 '솔마루 하늘길'이 나온다. 여기서 내려다본 울산의 가을 풍경도 예사롭지가 않다. 울긋불긋 단풍든 느티나무 가로수가 문수로를 따라 이열종대로 늘어서 있고, 가을 해가 저무는 문수산을 배경으로 햇살마저 노란 수변공원 주변에는 단풍에 불이 붙었다. 바람이 지날 때마다 더욱더 찬란하다. 단풍은 서로가 서로의 배경이 되어 서로서로 비춰줌으로써 더 찬란한 것이다. 산과 바람과 단풍이 빚어내는 절묘한 조화를 감상하며 천천히 대공원에 접어들면 이미 해는 저물어 무룡산을 넘어온 달이 어느새 얼굴을 내비친다.

녹색 자연 환경에서 사는 사람이 그렇지 않은 사람보다 3배 이상 건강하고 비만을 포함한 만성질환을 40%까지 감소시킨다는 것이 최근 의학계의 보고다. 생태계 건전성을 포함한 자연환경이 행복지수는 물론이고 건강에 지대한 영향을 미친다는 사실은 이미 입증되어 있다. 자연이 보약인 셈이다. '타관에 유랑하다가 얻은 각기병은 천만 가지의 약보다도 고향의 아침이슬을 밟아야 낫는다'는

스스로를 지키는 힘

말도 있지 않은가. 바람은 이제 차졌다. 단풍은 지금도 총총한 별 아래 어슬렁거리며 내려오고 있을 것이다. 지금쯤 추풍령은 지났을 까. 오늘도 감사히 솔마루 둘레길을 걷는다(경상시론, 김문찬).

10월 토함산에서

    높고도 푸른 10월의 하늘이다. 하얀 구름 내려와 구절초 어린 꽃잎 터질 듯 가득 차고, 초록에 지친 숲길마다 가을꽃이 피었다. 10월 토함산에는 꽃이 피면 숲도 물든다. 봄꽃의 빈자리는 초록이 달래지만 가을꽃이 지면 초록도 진다. 그래서 가을 야생화에는 쓸쓸함과 처연함이 베여 있다.

    그리움 가득 채우며 내가 네게로 저물어가는 것처럼/ 너도 그리운 가슴 부여안고 내게로 저물어옴을 알겠구나. 빈 산 가득 풀벌레 소낙비처럼 저리 울어/ 못 견디게 그리운 달 둥실 떠오르면/ 징 소리 같이 퍼지는 달빛 아래/ 검은 산을 헐고 그리움 넘쳐 내 앞에 피는 꽃 달맞이꽃.

<<달맞이꽃> 전문, 김용택)

         스스로를 지키는 힘

내게로 저물어와 내 앞에서 피는 꽃, 가을꽃이 피면 숲도 물든다. 서로를 향해 저물다 마침내 하나 되어 가을의 꽃과 숲은 서로를 향한 그리움으로부터 벗어난다. 이때부터 꽃도 지고 잎도 진다. 가슴 가득 그리움으로부터의 완전한 해탈이다.

보이는 모든 것(相)이 환(幻)일지라도 저무는 것은 결코 소멸해 가는 것이 아니다. 저물어감으로써 새로운 존재로 다가오는 것이다. 들판에는 저물어간 봄꽃을 따라 한 무리의 가을꽃이 다가오고, 다가온 것들은 다시 저물어가며 바람을 따라 흔들린다. 가을 저편으로 저물어가는 것들이 아득히 물결처럼 밀려간다.

코로나-19의 세계적 대유행도 곧 저물 것이다. 생성과 소멸의 물리학적 질서를 비켜 갈 수 없기 때문이다. 바이러스는 스스로 번식할 수 없는 유전 조각이다. 바이러스의 유일한 번식 방법은 숙주의 세포기관을 침투하는 것인데, 이렇게 우리 몸속 세포에 침투한 바이러스는 수천 번 자가 복제를 통해 증식한 후 세포벽을 뚫고 나와 새로운 세포로 이동한다. 2004년 미생물학자 그레이엄 룩은 건강한 면역계는 인류가 수렵 채집인이었던 시절부터 함께했던 고대의 병원체들에 노출됨으로써 확보되는 것이라고 주장했다. 지난 수백만 년간 인간은 인간의 몸에 바이러스를 태워주었고 바이러스는 그 보답으로 그들의 방대한 유전 집합체 중 일부를 인간에게 주었다. 덕분에 인간은 생존은 물론 종족을 유지할 수 있었다. 인간

의 면역계 중 필수 기술 하나도 바이러스로부터 물려받은 유전자
다(율라 비스, 《면역에 관하여》, 열린책들, 2018).

　저물어가고 저물어오며 가을 들판은 저물어 하나 된 새로운 존
재로 가득하다. 나도 네게로 저물어 우리가 하나가 될 수 있을까.
자비 가득한 토함산의 숲, 아직도 신라의 천년사찰은 불국정토(佛
國淨土)를 염원하며 인간세(人間世)를 바라고 있다.

　　　　　　　　　　　　　　　　　　　스스로를 지키는 힘

동안거 해제법어

전국 총림과 선원들의 계사년 동안거 해제법회가 지난주 있었다. 동안거는 음력 10월 15일부터 이듬해 정월 대보름까지 장장 90일의 기간 동안 스님들이 일체의 외부출입을 끊고 수행정진의 시간을 갖는 것을 말한다. 자연도 동안거를 끝내고 봄을 태생시킬 준비를 하고 있다. 그러고 보니 입춘이 지난 지도 보름째고 눈이 녹아 비가 된다는 우수도 지났다. 긴 눈 장마 끝에 햇살은 아장아장 대지로 스며들고 있지만, 나뭇가지 사이를 살랑거리는 바람에는 아직도 냉기가 가득하다(春來不似春).

그러나 대자연의 순환을 뉘라서 거역할 것인가. 눈 녹은 물은 계곡으로 스며들어 점점 더 세게 흘러갈 것이고 달빛은 밤새도록 봄 안개를 만들어낼 것이다. 교태가 깔린 산새의 울음소리도 봄 안개를 타고 앞산에 메아리칠 것이고 산비둘기 울음소리도 더 길고 아늑히 퍼져나갈 것이다. 겨울 찬바람을 악착같이 버티고 살아남은 수양버들 가지에는 어느새 수액이 돌아서 보다 푸른빛으로 살랑거린다. 봄 안개 속에서 산들은 한층 더 부드러운 곡선으로 다가온다.

한결 부드러워진 바람에도 흙냄새가 배었다. 가을이면 빨간 옻나무가 가득하고 5월이면 층층나무가 새하얀 꽃을 피우는 계명 산천에도 곧 동안거를 끝낸 개구리들의 울음소리로 가득할 것이다. 한바탕 흔들림과 소란이 일고 나면 산천에는 어김없이 새로운 생명이 탄생한다. 봄바람에 나무들이 소리 내어 우는 까닭도 새잎을 틔우기 위한 마지막 산통인 것이다. 열흘 후면 동면에 들어간 동물들이 겨울잠에서 깨어나고 초목의 싹이 돋기 시작한다는 경칩이다. 대자연의 동안거 역시 자신의 부족함을 돌아보는 방식일터, 동안거를 끝낸 초목의 물관부에도 새롭게 수맥이 고동칠 것이다.

최근 명상을 독려하는 기업체가 늘어나고 있다. 구글은 2007년부터 '내면검색' 프로그램을 도입해 직원들을 대상으로 명상교육을 실시했고, 최근에는 직원들이 걸어 다니며 명상할 수 있는 미로(迷路)도 만들었다고 한다. 세계적 경매 사이트 이베이와 페이스북 등도 명상실을 운영하고 있다. 트위터 공동 창업자 에번 윌리엄스는 자신의 새 벤처기업에 정기적인 명상시간을 도입했다고 한다.

스스로를 지키는 힘

직원들이 명상을 통해서 자기내면을 검색하고, 이를 통해 모든 오류와 불안의 근원을 알아차리고 새로운 창의의 길로 나아갈 수 있다는 것을 기업들이 알아차린 것이다. 이런 변화는 정보기술(IT) 업체에만 국한되지는 않는다. 언론 재벌 루퍼트 머독을 비롯해 세계 최대 채권 펀드인 핌코의 최고투자책임자 빌 그로스는 정기적으로 명상을 즐기고 세계 최대 헤지펀드 브리지워터 어소시에이츠의 최고경영자(CEO) 레이 댈리오는 "명상은 다른 그 어떤 것보다 내 성공에 큰 영향을 미쳤다."라고 말한다. 사실 명상(meditation)과 의학(medicine)은 어간(medi)이 서로 같다. medi는 '치료하다'라는 뜻이다. 결국 명상이란 극심한 생존경쟁으로 불안에 떨고 있는 사람을 치료해서 마음의 평정을 찾게 해주는 가장 효율적인 수단인 것이다. 신경과학자이며 심리학자인 스탠포드대학의 온스타인 교수, 현대의 성의라 칭송받는 하버드의대의 하버트 벤슨 교수는 일찍이 현대인의 질병을 예방하고 치료하는 약물은 인위적으로 개발할 수 있는 물질적인 것이 아니라 우리 자신이 가지고 있는 '마음'을 활용하는 것이라고 했다.

올해 동안거 해제를 맞아 조계종 종정 진제스님은 "참나 속에 영원한 행복, 대 자유와 지혜, 모두가 평등한 참된 평화가 있다."라면서 "온 인류가 생활 속에 꾸준히 참선수행을 닦아 행한다면 마음에 모든 분별과 시비 갈등이 사라지게 돼 자연히 마음이 안정될 것"이라고 강조했다. 계사년 올해 동안거 해제 법어의 요지는 명상을 통한 내면검색이었던 것이다.

　봄이 오는 길목이다. 동안거를 끝낸 자연이 변화된 모습으로 다가오는 시기다. 동안거를 통해 내면의 상처를 말끔히 씻은 대자연이 탄생시킬 봄의 모습을 올해도 겸허히 지켜볼 일이다(경상시론, 김문찬).

성하(盛夏)의 들녘

마른장마 속에 가끔 비가 내려 반갑다. 그래도 한낮은 30℃를 오르내리는 성하(盛夏)의 계절이다. 숨숨이 익어가는 들판은 무서운 인내 속에서 고통스러운 한낮의 열기를 끈질기게 견뎌가고 있다. 풍성한 고달픔으로 가득한 성하의 들녘, 연초록 콩잎을 눕히며 지나가는 여름 바람이 여울진 개울의 물결처럼 도도하다.

여름 들판은 어린 시절 그때나 지금이나 변함이 없다. 솎아도 솎아도 푸른 새싹들이 벅차게 아우성을 치며 올라오던 유년의 들녘, 뉘엿뉘엿 햇덩이가 떨어지고 저녁 어스름이 내려오기 시작할 즈음이면 대바구니 가득 콩잎, 깻잎, 호박잎, 풋고추를 따던 그때의 행복감을 잊을 수가 없다. 행복은 이들이 만들어내는 맛있는 저녁 식사를 예견했기 때문이었을까. 먹을 수 있는 것이라면 무엇이든 필요 이상으로 채취했던 철없는 물욕. 멀리 산 그림자가 길게 늘어지면 저녁 짓는 연기가 집집마다 느리게 느리게 피어올랐다(중략).

고향이 흔적도 없이 사라진 지금은 좋은 세상인가 모진 세상인가. 되새기면 되새길수록 가슴이 쓰려오는 성하의 들녘, 한여름 잡초처럼 피어오르는 통한의 상념을 접고 다시 들판을 걷는다. 고구마 덩굴은 어느새 어지러이 밭고랑을 메웠고, 콩밭은 밭을 맨 흔적도 밭을 매는 아낙도 없이 무성하다. 모질게 생명을 영위하는 칡덩굴 찔레 덩굴이 어우러진 덤불 사이로 뱁새들은 끊임없이 퍼덕거리고 재잘거린다. 어머니의 손길만 닿으면 무엇이든지 무성하게 올라오던 내 유년의 들녘, 한여름 어머니의 들판은 아무리 뽑고 따내도 내일이면 다시 풍성해졌다(중략).

잎사귀 채소의 섭취가 대장암과 위암 그리고 심혈관질환의 발생은 물론이고, 심혈관질환으로 인한 사망을 줄인다는 것은 익히 알고 있는 사실이다. 최근에는 잎사귀 채소의 섭취가 위암 대장암뿐만 아니라 비인후계통의 암을 무려 40%까지 줄인다는 연구결과가 국제 학술지(SCI)에 게재되었다. 그러나 흡연자의 경우에는 심혈관질환 예방효과가 거의 없는 것으로 조사되었다. 이는 흡연의 해악이 잎사귀 채소의 유익함을 상쇄시켰기 때문이다. 현재 우리나라 국민의 사망률은 암이 1위이지만 단일질환으로는 심혈관질환이 1

스스로를 지키는 힘

위다. 그중에서도 심근경색은 제때에 치료를 받지 못하면 사망하거나 평생 장애를 안고 살아가야 하는 질환이고 암이나 뇌졸중이 발생하면 가족 모두가 고통의 수렁으로 떨어진다.

잎사귀 채소의 섭취가 많을수록 이들 질환의 예방효과는 더 커지는 것으로 조사되었다. 밥솥 한켠에서 쪄진 '뻑뻑장'과 호박잎, 삭힌 콩잎과 열무김치는 우리 여름 만찬의 단골 메뉴였다. 어머니의 수고로움으로 늘 풍성했던 성하의 들판이 바로 우리 건강의 원천이었던 것이다(경상시론, 김문찬).

녹음 속에서

　연이틀 내린 비가 한낮의 노염(老炎)을 날려버렸다. 지나가는 바람은 이미 상당 부분 물기를 잃었고 조석으로 와 닿는 공기는 곧 차가워질 계절의 예감을 품었다. 건조한 공기가 가져다주는 쾌감 때문인지 행인들의 발걸음은 가벼워졌고 얼굴에는 사뭇 행복감에 젖었다. 한낮 매미의 울음소리도 한 옥타브 높아졌다. 인간이 행복감을 느낄 때는 종족 유지 혹은 생존에 도움이 될 때라고 한다. 폭염에는 고통을, 선선한 공기에는 행복감을 느껴야 우리는 폭염으로부터 생명을 지켜낼 수 있다. 겨울에는 반대로 따뜻한 난롯가에서 행복감을 느낀다. 우리 유전자가 그렇게 인식하도록 설계되어있고 그래서 인간은 행복을 쫓아 생명을 유지하고 종족을 보존한다(서은국, 《행복의 기원》, 21세기북스, 2021). 즉 행복은 목적이 아니라 삶을 유지하기 위한 수단인 셈이다.

입추가 지난 지 벌써 보름째다. 뉘라서 절기를 속일 것인가. 곡
식들은 어느새 씨앗을 품었고 옅은 구름이 여울처럼 흘러가는 비
개인 하늘은 한층 더 높아졌다. 들판을 가로질러온 물기 잃은 바
람이 숲속으로 사라진다. 얼마 남지 않은 시간을 예견이라도 한 듯
풀벌레들의 울음소리는 커져만 가는데 녹음은 아직도 지칠 줄을
모른다(중략). 40년 전만 하더라도 우리나라는 전체 산야의 70% 이
상이 민둥산이었다. 그러던 것이 40년이 지난 지금은 온 산야가 울
울창창(鬱鬱蒼蒼) 산림으로 가득하다. 국제연합식량농업기구(FAO)
는 우리나라의 성공적인 녹화를 가리켜 제2차 세계대전 이후 개발
도상국 중 최단기간에 산림녹화를 이루어낸 홍일점 국가로 인정하
고 있다.

녹화에 성공한 홍일점의 국가, 그러고 보니 사방 우거진 녹음 속
에 홍일점 백일홍(나무 백일홍)이 만개했다. 녹음 속 홍일점은 잠깐
피었다 지는 벚꽃과 달리 봄이 다 가고 나서야 느리게 잎을 틔우고
한여름 녹음의 정점에서 꽃망울을 터뜨린다. 백일홍이 지면 녹음
도 진다. 그래서 백일홍의 꽃말은 "떠나간 친구를 그리워하다"이다.
여기저기 덩실덩실 청사초롱 불 밝히듯 백일홍이 피었다. 사랑하
는 사람을 기다리다 죽은 처녀의 무덤가에서 피어나 백일 후에 만
나자는 약속 때문에 백일 동안만 피었다 진다. 그래서 백일홍이다.
이들의 애절한 사연을 알기라도 하듯 건조한 바람이 가지를 스칠
때마다 녹음 속 풀벌레가 운다(중략).

국토의 생태적 안정이 곧 국민건강과 행복으로 직결되는 것이
다. 대한민국 산림녹화의 성공을 일부에서는 한강의 기적보다도
더 큰 의미를 부여하기도 한다. 대한민국의 산림녹화는 또 하나의
기적임에 분명하고 그래서 세계의 자랑거리가 되고 있다. 한여름의
찌꺼기를 말끔히 씻어 버린 폭우가 멈춘 사이 어둑어둑 저물어가
는 녹음 사이로 한 떼의 물오리들이 날아오른다. 새들도 한여름의
더위를 식히는 듯 울음을 멈추었다. 녹음 속 홀로 붉은 백일홍이
덩이덩이 어둠을 밝힌다(경상시론, 김문찬).

스스로를 지키는 힘

가을에 바라보는 성공 노화의 모습

　무성한 잎으로 농밀한 그림자를 출렁거리던 가로수들도 어느새 얼기설기한 모습으로 겨울을 맞을 채비를 하고 있다. 물기 잃은 잡목들 사이, 씨앗을 맺어놓고 말라 버린 안쓰럽고 쓸쓸한 덤불 사이로 냉기를 품은 바람이 지나간다. 들판은 어느새 가을걷이가 끝나가고 텅 빈 대지 위로 한 무리의 새들이 내려앉는다. 간단히 돌아가는 계절, 가을 들녘에서 맺고 소멸되는 일련의 과정을 지켜보며 성공 노화의 참모습을 생각해본다. 노화란 무엇인가. 모든 생물체가 태어나서 성숙기에 이르고 나면 점차 기능이 약화되고 정지되어 결국 소멸되는 숙명적인 과정이 아니던가. 그렇다면 성공 노화란 어떤 모습일까.

홀씨를 날려 보낸 억새들이 어느새 고개를 들었고 만추의 가을 햇살이 꽂혀 내리는 단풍 든 잎들이 비단처럼 윤기를 발한다. 뽕잎을 먹고 자란 누에가 명주를 뽑어내는 당연한 이치를 새삼 깨닫게 해주는 단풍의 계절이다. 단풍든 잎들은 하나같이 서로가 서로의 배경이 되어주며 빛난다. 열매를 맺은 엄숙한 순간에서부터 단풍으로 찬란하게 빛나는 순간까지 나뭇잎은 나이가 들수록 더 아름답다. 늙어갈수록 더 새롭고 더 아름다워지는 꼭 우리 어머니 같은 모습. 묵묵히 한을 삭힌 자비로운 모습으로 마침내 소임을 다하고 미련 없이 떨어지는, 봄이면 다시 새싹을 틔우리라는 저 희생과 긍정의 모습이 바로 성공한 노화의 참모습이 아닐까.

우리나라 국민의 평균수명이 80세를 넘어선 지 오래다. 현재 살아있는 사람이 얼마까지 살 것인가 하는 기대수명은 여자는 100세이고 남자는 99.5세다. 꿈에 그리던 100세 시대를 맞았건만 현재 우리 국민은 불행히도 마지막 십 년의 절반, 정확히 여자는 5.9년, 남자는 5.5년을 앓다가 삶을 마감한다. 그렇다 보니 노인들의 인생 소망이 '구구 팔팔 일이삼'이라고 한다. 99세까지 팔팔하게 살다가 하루 이틀 가벼운 감기몸살을 앓고 3일째는 귀천한다는 뜻이다. 인생의 성공 여부는 이제 마지막 10년에 달린 셈이다.

긍정적인 태도가 면역기능을 향상시켜 건강수명을 늘릴 수 있다는 연구결과가 최근 세계적인 '심리·노화학술지(Journal Psychology

스스로를 지키는 힘

and Aging)'에 발표됐다. 호주 퀸즐랜드대학 연구팀이 65~90세 노인 50명을 대상으로 2년간 삶의 태도와 수명에 관해 연구한 결과 이같이 밝혔다. 연구를 주도한 엘리스 칼로케리노스 박사는 "대부분 사람은 노년기를 우울하고 어둡게 생각하는 경향이 있지만 젊은 사람보다 더 긍정적으로 삶을 사는 노인들도 있다. 건강한 삶을 살기 위해서 이번 연구결과는 매우 중요하다는 것을 시사한다."라고 전했다.

하버드 의대의 세계적인 심리학자 배리 그레이프 박사에 의하면 성공한 사람들의 특징은 첫째 공부하는 습관(learn), 둘째 노력(labor), 셋째 상대를 아끼고 배려하고 이해하는 마음(love), 넷째 순응 즉 내려놓는 마음(let go), 마지막으로 이 네 가지가 충족되었을 때 생겨나는 여유와 긍정(laugh)이다. 긍정적 사고에서 좋은 말이 나오고 좋은 행동의 열매가 맺힌다. 이것이 바로 건강을 지키는 핵심임을 이번 연구가 입증한 셈이다. 계절은 이제 깊숙한 가을로 접어들었다. 인생으로 따지면 노년기인 셈이다.

내 인생에 가을이 오면

나는 나에게 어떤 열매를 얼마만큼 맺었느냐고 물을 것입니다.

그때 나는 자랑스럽게 대답하기 위해

좋은 말과 좋은 행동의 열매를 부지런히 키워야 하겠습니다.

내 인생에 가을이 오면

후회 없는 삶을 위하여…

《〈내 인생에 가을이 오면〉, 윤동주》

청량한 가을 아침이다. 하나, 둘, 애증과 갈등을 남김없이 태워 버린 고요한 단풍 사이로 무심한 바람이 지난다. 바람이 지날 때마다 뚝뚝 낙엽이 진다. 성공 노화의 참모습을 발견하는 행복한 만추의 아침이다(경상시론, 김문찬).

스스로를 지키는 힘

조직공민행위
(organizational citizenship behavior)

조직공민행위란 1988년 사회학자 오건(Organ)이 명명한 말로 '지시나 보상시스템과 무관하게 조직의 효과적인 작용을 촉진시켜주는 개인의 자발적인 행동', 즉 의무적인 일도 아니고 보상도 없지만 자신이 속한 조직의 발전을 위해 구성원들이 자발적으로 행하는 부차적인 행동을 말한다.

공민행위는 소명(vocation)의식에서 발현된다. '내게 맡겨진 일만 할 뿐'이라는 직업적 사명(mission)과는 다르다. 직업적 사명과 소명은 무엇이 다른가? 사명이란 내가 주도하는 것이 아니라 수용하는 입장, 즉 당연히 해야 할 의무(mission)를 말하며, 소명이란 해야 될 가치를 깨닫는 것이지만 당연히 해야 할 의무는 없다. 좀 더 쉽게 구체적인 예를 들자면 복도에 떨어진 휴지를 청소부가 줍는 것은 당연한 직업적 사명이지만, 청소부가 미처 발견하지 못한 휴지를 간호사나 의사 혹은 타부서 직원이 줍는 행위는 소명의식에서 발현된 공민행위다. 우리가 할 수 있는 공민행위는 이 이외에도 무수히 많다. 소명에 충실하면 천직이 된다. 직업이 아니라 소명으로 일을 대할 때 우리는 더 큰 기쁨을 맛볼 수 있다. 많은 사람이 소명보다는 직업적 사명에 관심이 많지만 큰 성취는 소명을 갖는 데서 이루어진다.

직장이나 개인 생활에서도 능력 있고 바쁜 사람들에게 더 많은 일이 주어지고 더 중요한 능력을 요구하게 된다. 그 이유는 바로 일(mission)을 자신의 소명으로 바라보기 때문이다. 그렇다면 소명의식은 어디에서 나오는가? 이는 의식이 싹트면서 가슴에 품었던 사회적 책임감에서 나온다. 소명의식과 공민행위는 조직을 최고로 만드는 데 있어 필수 조건이다. 항공사 규정상 애완동물을 데리고 탑승할 수 없는 관계로 곤란을 겪을 뻔한 승객의 애견을 2주간이나 자기 집에서 돌봐준 사우스웨스트 항공사(Southwest Airline) 어느 직원의 일화는 아주 유명한 조직공민행위의 일례다. 이외에도 이 회사 직원들의 공민행위로 말미암은 사우스웨스트 항공(SWA)에 대한 고객들의 찬사는 이루 말할 수 없이 많다. 이 항공사는 '73년 이래로 지난 25년 동안 미국 항공사들 중 유일하게 연속 흑자경영을 했음은 물론이고 경기침체로 다른 모든 항공사들이 손실을 기록했던 1991년과 1992년에도 수익을 올렸다. 특히 92년은 미국 항공사들

스스로를 지키는 힘

에게는 악몽 같은 불황의 한 해였지만 유독 사우스웨스트 항공사 (Southwest Airline)만이 1억 달러 가까운 흑자를 기록한 것은 어쩌면 당연한 결과였는지 모른다.

　세계적인 경영학자 피터 드러크는 그의 저서《창조하는 경영자》를 통해 "고객은 만족을 구입한다. 때문에 모든 재화와 서비스는 외관상 다르고, 전혀 다른 기능을 수행하고, 다르게 생산, 유통되고 팔리더라도 고객에게 만족을 제공한다는 측면에서 치열하게 경쟁하는 것이다."라고 했다. 고객만족의 목표를 달성하기 위해서는 '내게 주어진 일만 할 뿐'이라는 직업적 사명감만으로는 목표를 이룰 수 없다. 고객만족의 90%는 조직원들의 소명감에 의존한다.

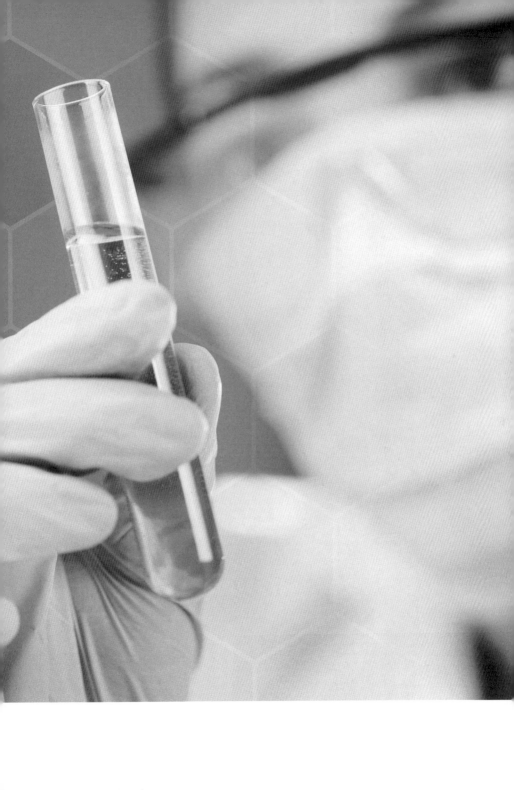